当代寓言集

Fables for Our Time and
Further Fables for Our Time

〔美〕詹姆斯·瑟伯 著

杨立新 冷杉 译

人民文学出版社
PEOPLE'S LITERATURE PUBLISHING HOUSE

James Thurber

Fables for Our Time and Further Fables for Our Time

Copyright © 1940，1956 by James Thurber
Simplified Chinese edition copyright ©
2017 by Shanghai 99 Readers' Culture Co.，Ltd.

图书在版编目(CIP)数据

当代寓言集/(美)詹姆斯·瑟伯著；杨立新,冷
杉译.—北京：人民文学出版社,2016
　（幽默书房）
　ISBN 978-7-02-012084-0

　Ⅰ.①当… Ⅱ.①詹… ②杨… ③冷… Ⅲ.①寓言-
作品集-美国-现代 Ⅳ.①I712.74

中国版本图书馆 CIP 数据核字(2016)第 244720 号

责任编辑：**朱卫净　邱小群**
封面绘图：**杨　猛**
封面设计：**高静芳**

出版发行　**人民文学出版社**
社　　址　**北京市朝内大街 166 号**
邮政编码　**100705**
网　　址　**http://www.rw-cn.com**

印　　制　**上海利丰雅高印刷有限公司**
经　　销　**全国新华书店等**

开　　本　**889 毫米×1194 毫米　1/32**
印　　张　**6**
字　　数　**115 千字**
版　　次　**2017 年 1 月北京第 1 版**
印　　次　**2017 年 1 月第 1 次印刷**

书　　号　**978-7-02-012084-0**
定　　价　**35.00 元**

如有印装质量问题,请与本社图书销售中心调换。电话：010-65233595

目　录

当代寓言集（续篇）　　　　63

当代寓言集

想去乡村的老鼠

　　从前，在一个礼拜天，一只城市老鼠想要去拜访一只乡下老鼠。他按照乡下老鼠告诉他的办法，藏到了一列从城里驶出的火车里。不曾想火车礼拜天不在贝丁顿站停留，因此城市老鼠没办法在贝丁顿下车去换乘一辆开往赛伯特岔路口的公共汽车，他和乡下老鼠原本商定好在那里碰面的。事实上，城市老鼠被火车带到了米德尔堡。没有别的办法，他只好在那里待了三个小时，等着有火车再把他带回贝丁顿。当返回贝丁顿的时候，他发现开往赛伯特岔路口的最后一班公共汽车刚刚开走。于是他跟在后面跑啊，跑啊，终于追上了那辆公共汽车。可等到他悄悄爬上那辆公共汽车，才发现自己上了一辆开往相反方向的车。车载着他穿过佩尔山谷、格鲁姆矿区，来到了一个名叫韦伯比的地方。等公共汽车终于停下来，城市老鼠下了车后，却遭遇了一场大雨；更糟糕的是，他发现当晚不再有公共汽车开往任何地方。"真见鬼！"城市老鼠一面抱怨，一面朝城里走去。

寓意：待在该待的地方，你才能享受安乐生活。

小女孩和狼

　　一天下午，一只大个头的狼潜伏在一片阴暗的树林里，等着一个去给外婆送一篮食物的小女孩从这里路过。后来，一个小女孩真的走过来了，她也的确挎着一篮食物。"你的这篮食物是要带给你外婆吗？"狼问道。小女孩说是，她的确是给外婆送食物的。接着，狼又问小女孩的外婆家住在哪里，小女孩也告诉了狼，狼听了后便消失在树林中。

　　等小女孩打开外婆家的房门后，她发现有谁戴着睡帽、穿着睡袍躺在床上。小女孩走上前去，在距离床差不多二十五英尺的地方，便发觉躺在床上的不是自己的外婆，而是那只狼，因为一只狼即使戴着睡帽也丝毫不像她的外婆，正如米高梅的狮子一点儿都不像卡尔文·柯立芝 ① 一样。于是小女孩从篮中拿出自动手枪，把那只狼击毙了。

　　寓意：如今，小女孩可不像从前那样好骗了。

———————————

① 美国第 30 任总统。

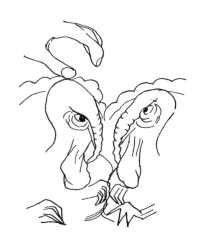

两只火鸡

　　从前，有两只火鸡，一只老火鸡和一只年轻火鸡。多年以来，老火鸡一直是火鸡群威严的头领，而这只年轻火鸡想要取代他的地位。"总有一天，我会把那只老秃鹫打得昏倒在地！"年轻火鸡对他的朋友们说。"你一定行，乔，你一定行。"他的朋友们异口同声地回应说，因为当时乔正用自己发现的一些谷粒款待他们呢。随后，那帮子朋友把年轻火鸡说的话告诉了老火鸡。"瞧着，我会让他消化不良的！"老火鸡一边说，一边给来访者端来一些谷物。"你一定行，多克，你一定行。"来访者纷纷恭维说。

　　一天，年轻火鸡径直走向正在吹嘘自己在争斗中多么有威力的老火鸡，"我要把你的牙打到你的嗉子里去！"年轻火鸡叫嚣着。"你以为你是谁啊!"老火鸡回应道。于是两只火鸡相互兜着圈子,寻找下手的机会。就在这时,拥有这群火鸡的农场主一把抓过年轻火鸡,把他带到一旁,扭断了他的脖子。

寓意:狂妄的家伙往往成为最先完蛋的那个。

了解人的行事方式的老虎

从前，一只老虎逃离了美国的一家动物园，一直跑回到丛林里。被关在动物园的那段时间里，这只老虎了解了大量的人类行事方式，因此他想把人类的这些方法应用到自己的丛林生活中。在回归丛林的第一天，他遇到一只美洲豹，便对后者说："你我二位都不用为了吃到食物而猎杀，我们应该让其他动物把猎到的食物给我们带来。""我们怎样才能做到这一点呢？"美洲豹问道。"很简单，"老虎回答说，"我们俩要告诉森林里的其他动物，就说我们俩要进行一场角斗，任何想要来观看的动物都必须带来一头刚猎杀的野猪。开始角斗时，我们俩只是摆摆样子，并不真的打伤对方。第二个回合开始以后，你可以说你爪子上的骨头折断了一根，而我在第一个回合就会告诉大家，我爪子上的骨头折断了一根。那样我们就可以重新约定角斗日期了，前来观看的动物们也会给我们带来更多新近猎杀的野猪。""我认为这个办法行不通。"美洲豹说。老虎说："哎哟，这办法肯定行得通。你只要四处游说，说自己肯定能赢，因为我是一个笨手笨脚的角斗士；我也会到处游说，说我肯定不会输，因为你是一个差劲儿的角斗士。这样一来，所有动物便都很想来看我们角斗了。"

于是，美洲豹四处游说，说自己肯定会赢得这场角斗，因为那只老虎是个彻头彻尾的笨家伙；与此同时，老虎也在四处游说，说自己一定不会输掉这场角斗，因为那只美洲豹是个非常差劲儿的斗士。

进行角斗的那天夜晚，老虎和美洲豹都非常饿，因为他们一直没有外出猎食，他们想尽快结束角斗，好吃上前来观战的动物们带来的新猎杀的野猪肉。然而，约定好的角斗时间到了，却没有一只动物前来观战。"我是这么看待这件事儿的，"一只狐狸告诉他们，"如果美洲豹注定会赢，同时老虎也不会输，那么角斗将以平局收场，而一场结果是平局的比赛看起来会非常沉闷，何况比赛双方又是两个蠢笨的大块头，那就更没什么可看的啦。"

动物们全都看出了这件事儿的必然结果，自然会远离竞技场。当时间来到午夜，显而易见，一只观战的动物也不会出现，更不会有任何野猪肉供他们享用了。盛怒之下，两只猛兽突然激烈地对攻起来。结果他们都伤得很厉害，加之饥饿使他们精疲力竭，两只四处游荡的野猪袭击了他们，轻而易举地杀死了他们俩。

寓意：如果你按照别人的行为方式来生活，那么你终将毁灭。

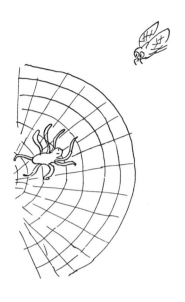

一只相当聪明的苍蝇

一只大个蜘蛛为了捕捉苍蝇，在一所破旧的房子里编织了一张完美的蛛网。每当一只苍蝇落到网上被粘住后，蜘蛛都会立即吃掉它，因此另一只苍蝇飞来时，会认为蛛网很安全，是一个适宜休息的安静的地方。有一天，一只相当聪明的苍蝇在蛛网上方嗡嗡地盘旋了很长时间，也没有落在蛛网上，于是蜘蛛爬出来说："快点儿落下来吧！"然而，相比于蜘蛛，这只苍蝇太聪明了，他说："我从来不落在没有其他苍蝇的地方，而且我在你的这间房子里也没看到任何别的苍蝇。"说完，苍蝇就飞走了，一直飞到了一个有大量苍蝇的地方。他刚要落在这些苍蝇中间的时候，一只蜜蜂嗡嗡嗡地飞过来，告诫他说：
"别落下，傻瓜，那是一张捕蝇纸，你瞧，所有落上去的苍蝇
都被粘住了。""你可别说傻话啦！"苍蝇说，"你没瞧见他们都
在跳舞吗？"话音刚落，他就落在捕蝇纸上，与其他苍蝇一起
被粘住了。

寓意：从众并不安全。绝对的安全也是不存在的。

想要飞的狮子

　　从前，有一只狮子想拥有鹰的翅膀，于是他给鹰捎信儿，让鹰到他的洞穴里来。鹰来到狮子的洞穴后，狮子对他说："我要跟你做一笔交易，用我的鬃毛换你的一双翅膀。""快别说了，老兄，"鹰回答说，"没有这对翅膀，我就再也不会飞了。""那又怎么样呢？"狮子蛮横地说，"我目前不会飞，但并不妨碍我成为百兽之王。我之所以能够称王，全靠我有着一头漂亮的鬃毛。""那好吧，"鹰回答说，"不过你得先把你的鬃毛给我。""那么就请你靠近一点儿，"狮子说，"我好把鬃毛递给你。"于是，鹰靠近了一些，不料狮子伸出一只巨大的爪子，把鹰按在地上。"把你那对翅膀交出来!"狮子怒吼道。

就这样,狮子拿到了鹰的翅膀,但并没有把鬃毛交给鹰。有那么一会儿工夫,鹰觉得非常失望,然而又过了一会儿,鹰想到了一个主意:"我敢打赌,你无法从那边那块巨石顶端飞起来。"鹰说:"你说谁? 是我吗?"狮子一面回答,一面登上那块巨石顶端,开始起飞。狮子的身体太重了,鹰的那对翅膀根本承担不了这么重的东西,除此之外,狮子也不懂得如何飞,他从来没有练习过;因此,狮子跌落到巨石脚下,摔得粉身碎骨。鹰连忙爬下去,来到摔死的狮子身旁,取回了自己的翅膀,还拿了狮子的鬃毛,披到自己的脖颈上。在返回岩石上与配偶同住的巢穴时,鹰决定跟妻子开个玩笑。他用狮子的鬃毛遮住头,然后把头伸进巢穴,还发出低沉、骇人的"嗬啰啰"的吼声。他那个无论什么时候都很神经质的妻子,以为他是一只狮子,就抓起抽屉里的一把手枪,射杀了他。

寓意:无论你穿戴什么,你永远是你自己。[1]

---

[1] 此为编按寓意。原文为 Never allow a nervous female to have a pistol, no matter what you're wearing.(无论你穿戴什么,你永远不要让一位神经质的女人得到枪。)

一只非常出色的雄鹅

有一只非常优秀的雄鹅。他健壮、优雅、漂亮，他花去大部分时间对着妻子和孩子们歌唱。一天，有个人看到雄鹅在鹅舍的院子里昂首阔步地走来走去，还不停地鸣唱，便评论了一句："这是一只非常出色的雄鹅。"一只老母鸡碰巧听到了这句评语，当晚趴在栖木上时，把听来的话告诉了丈夫。"雄鹅一家常常说一些政治鼓动和宣传的话。"老母鸡说。"我向来是这么怀疑的。"老公鸡说。第二天，老公鸡在谷仓四处溜达，对见到的每只家禽说，那个优秀的雄鹅是只危险的鸟，极有可能是一只披着雄鹅外衣的鹰。一只棕色的小母鸡记得，有一次她大老远地看到那只雄鹅在跟树林里的几只鹰交谈，"他们肯定没商量什么好事儿。"她评论说。一只公鸭也记得，有一回那只雄鹅告诉他，说自己没有任何信仰，"雄鹅还说让旗帜见鬼去吧！"公鸭补充说。一只母珍珠鸡回忆说，一次她看到有个长相极像那只雄鹅的家伙在扔什么东西，那东西看上去很像一颗炸弹。最后，每只家禽手拿棍棒或石头，前去袭击雄鹅的鹅舍。雄鹅此时一面在鹅舍前院昂首阔步地走来走去，一面对着妻子和孩子们歌唱。"他在那儿！"大家叫嚣着，"爱鹰的家伙！怀疑论者！憎恨旗帜的东西！扔炸弹的暴徒！"大家伙儿一边喊叫，一边攻击雄鹅，把他赶出了这个村子。

寓意：误解别人的人往往会做出蠢事。①

---

① 此为编按寓意。原文为 Anybody who you and your wife thinks is going to overbrow the government by violence must be driven out of the country.（你或者你妻子认为会用暴力手段推翻政府的任何人，必须被驱逐出境。）

飞蛾和星星

　　从前，一只多愁善感的年轻飞蛾爱上了一颗星星。他把这件事儿告诉了妈妈，他妈妈奉劝他转而去爱桥上的一盏灯。"你不可能跟一颗星星厮守在一起，"她说，"你却可以绕着一盏灯盘旋。""这样的话，你就有地方可去了，"他爸爸说，"要是追求星星，你根本无处可去。"然而年轻的飞蛾并没有听从父母的劝告。每个黄昏，当那颗星星出现在天空时，他就动身朝星星飞去，每个黎明，他都因为这种徒劳无功的努力而筋疲力尽地缓缓飞回家。有一天，他父亲对他说："几个月下来，你连一只翅膀都没有被烧伤，在我看来，你的翅膀永远都不会烧伤了。所有你的兄弟们在围着街灯飞时，翅膀都被严重烧伤了；

所有你的姐妹们在围着房间里的灯盘旋时，翅膀都被严重烤焦了。快点儿，马上从家里出去，把你的翅膀烧焦！像你这样一只结实健壮的大飞蛾，身上居然没有一丝烤焦的痕迹！"

年轻飞蛾离开了父亲的家，不过，他并没有绕着街灯飞舞，也没有绕着房间里的灯盘旋。他一直尝试要抵达那个星星，尽管这颗星星距离他四又三分之一光年远，或者说距离他二十五万亿英里远，但是他认为那颗星星就像在一棵榆树梢儿那么容易追赶上。他从来没能抵达那颗星球，然而，夜以继夜，他一直在努力尝试。当他已经是一只很老、很老的飞蛾时，他认为自己真的到达过那颗星星，他也到处跟人家这样说。这给予了他持久而深远的快乐，他一直活到很老的年纪。他的父母、他的兄弟姐妹都在相当年轻的时候就被烧死了。

寓意：远离致使我们悲伤的领域，将得永恒。

伯劳鸟和花栗鼠

从前，有两只花栗鼠，一只公花栗鼠和一只母花栗鼠。

公花栗鼠认为，把坚果排列成有艺术美感的图案，要比把它们堆起来看看能够堆多高更有趣味。母花栗鼠则极其赞成尽可能地把坚果堆起来。母花栗鼠对她丈夫说，如果他不再把坚果排列成艺术图案，他们巨大的洞里就有地方容纳大量的坚果，这样一来，不久后，他会成为森林里最富裕的花栗鼠。可是公花栗鼠不让他妻子乱动他的图案，母花栗鼠勃然大怒，离开了丈夫。"伯劳鸟会捉住你！"她说，"因为没人帮你，你又照顾不了自己。"的确，母花栗鼠离开还不过三天，公花栗鼠需要盛装参加一个宴会，他既找不到自己的装饰纽扣，也找不到自己的衬衫，因此无法出席宴会。不过幸好他没去参加，因为出席宴会的所有花栗鼠都被一只黄鼠狼猎杀了。

事故过后第二天，伯劳鸟一直在花栗鼠的洞穴旁边转悠，准备找机会逮住他。伯劳鸟无法进入洞穴，因为洞口被脏衣服和没清洗的盘子堵住了。"早饭过后，他应该会出来散步，到时候我再抓住他。"伯劳鸟想道。然而那只公花栗鼠睡了一整天，直到天黑下来还没有吃早餐。然后，在开始排列一个新图案之前，公花栗鼠到洞外来呼吸一下新鲜空气。伯劳鸟猛地俯冲下来，想要逮住花栗鼠。但是，由于天色昏暗，伯劳鸟看不大清楚，一头撞在赤杨树的枝干上，死了。

几天过后，母花栗鼠回来了，看到洞穴里一团糟。她走到床前，摇醒丈夫。"没有我你过得怎么样？"母花栗鼠问道。"我想，仅仅是还活着。"他回答。"你一定活不过五天。"她对他说。母花栗鼠打扫了房间，洗干净碗碟，把脏衣服送进了洗衣店。母花栗鼠又对丈夫说："如果你成天躺在床上，不做任何运动，肯定对你的健康不利。"于是，她带着丈夫在阳光明媚的大白天里出去散步，结果双双被死去那只伯劳鸟的兄弟，一只名叫斯图普的伯劳鸟逮住，杀死了。

寓意：人生无常，世事难料。

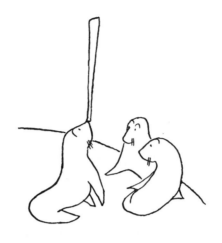

一只成名的海豹

　　一只海豹躺在一块平坦的大礁石上晒太阳，他想道：到目前为止，我最大的本领只是游泳，其他任何一只海豹游得都不如我好；不过，从另一方面说，他们还都游得不错。他对自己千篇一律、单调乏味的生活思虑得越多，就变得越沮丧、消沉。当天夜里，他游着离开了以往生活的地方，加入了一个马戏团。

　　不到两年，这只海豹已经变成了一个伟大的平衡技巧表演者。他可以让灯泡、台球杆、健身球、跪垫、矮凳、美元、雪茄以及你交给他的任何东西保持平衡。当他从一本书中读到美利坚合众国最伟大的海豹的资料，认为那指的就是自己。在他成为演员的第三年的冬天，他回到那块平坦的大礁石上探望家人和朋友。一到那里，他就把大城市里所有的猛料带给了他们，包括最新出现的粗话、金质烧瓶中的烈酒、大大小小的拉链，以及西服翻领上的一朵栀子花。他为他们表演平衡岩礁上能够找到的所有东西，但岩礁上这样的东西并不多。等他表演完了他的所有保留剧目，他问其他海豹，他们是否能够表演他刚演完的节目。大家纷纷表示不能。"那好吧，"他说，"让我看看你们能做什么我不能做的吧。"由于其他海豹唯一能做的就是游泳，所以他们纷纷离开岩礁，跳入水中。马戏团的那只海豹也紧跟着跃入水中，然而，他却被那身潇洒的城市装束——包括那双价值十七美元的鞋给束缚住了，以至于一到水中就开始往下沉。又加上他三年没有游泳了，已经忘记怎样使用前鳍和尾鳍了。等到他第三次下沉的时候，其他海豹才出手救他。他们为他举行了简单却体面的葬礼。

寓意：当上帝给了你鳍，你就不要用拉锁来瞎折腾。

猎人与大象

　　从前，有一个猎人，他花费了一生中最好的时光来找寻一头粉红色的象。他找遍了中国，找遍了非洲，找遍了桑给巴尔岛，找遍了印度，但是一直没有找到一只粉红色的象。找的时间越久，他就越想得到一头粉红色的大象。他轻视黑色的兰花，无视紫色的牛群，一门心思专注于寻找的目标。后来，有一天，在这个世界的一个偏远角落，他碰到了一头粉红色的大象。于是，他用了十天时间挖好一个陷阱，他又雇了四十个土著人，让他们把大象赶入陷阱。最终，他捕获了那头大象，把它拴牢，并带回了美国。

　　当猎人返回家园，发现自己的农场根本没有安放大象的地方。大象践踏了他妻子的牡丹和大丽花，毁坏了他孩子的玩具，还踩死了农场里个头较小的牲畜，踩碎了钢琴和厨房里的碗橱，仿佛它们是浆果盒一般。猎人拥有粉红色大象两年后的一天，他一觉醒来，发现妻子离他而去，孩子离开了家园；除了那头大象，他的农场里的所有牲畜都死了。不过，那头大象倒是一如既往，只可惜它褪色了。它不再是粉红色的，而变成了一头白色的大象。

寓意：未到手的东西未必比已经拥有的东西金贵。

一条知道太多事情的苏格兰犬

几年前的一个夏天，一条苏格兰犬到乡下游览。他认定农场里的所有狗都是懦夫，因为他们居然惧怕一个后背带有白色斑纹的动物。他对游览期间居住的房子里的那条狗说："你是只小母猫，我能揍扁你，我也能打败那只后背有白色斑纹的小动物。把他指给我看！""难道你不想问几个与他有关的问题吗？"乡下狗问道。"不！"苏格兰犬回答说，"只有你们乡下狗才什么都不知道呢！"

就这样，乡下狗带着苏格兰犬进入森林，并把那个带白色斑纹的动物指给他看。苏格兰犬逼近那个动物，对着他不住声地咆哮、咒骂。一瞬间，一切都结束了。苏格兰犬直挺挺地仰面躺在地上。等他苏醒过来以后，乡下狗问道："到底出了什么事情？""他朝我扔硫酸，"苏格兰犬回答说，"不过他连一个指头都没伤到我。"

几天以后，乡下狗告诉苏格兰犬，说他们这些乡下狗还惧怕另一种动物。"带我去见他，"苏格兰犬说，"我可以打败任何脚下没有钉着马掌的家伙。""你不想问几个与他有关的问题吗？"乡下狗又问。"不，"苏格兰犬回答说，"你只要告诉我他在哪里出没就好啦。"于是，乡下狗领着苏格兰犬来到树林里的一个地方，等那只小动物路过时，他指给苏格兰犬看。"一个小丑，"苏格兰犬嚷嚷着，"打败他简直是轻而易举！"说着，苏格兰犬冲了上去，伸出右脚，展示了他非凡多变的脚功。不到一秒钟，苏格兰犬便直挺挺地仰面躺在地上。当他苏醒过来的时候，乡下狗正在拔他脚上扎的刺猬刚毛。"到底发生了什么事情？"乡下狗问道。"对方拔出了一把刀向我刺来，"苏格兰犬回答说，"不过，至少我知道你们乡下这里怎么打架了，现在，我要痛打你一顿。"说完，他逼近乡下狗，用一只前爪捂住鼻子，好避开对手扔过来的硫酸，用另一只前爪遮住眼睛，以防对手刺过来的刀。就这样，苏格兰犬既看不见也闻不到他的对手，结果被对手打成重伤，只好由他人抬回城里，送进了一所疗养院。

寓意：自以为是的人迟早会闹笑话。

一头随心所欲的熊

　　从前，在美国大西部的丛林里有一头棕熊，他生活得随心所欲，自由自在。他会走进一个出售用蜂蜜发酵后制成的蜂蜜酒的酒吧，只喝两杯蜂蜜酒，然后往吧台上扔下一些钱，嘴里说着："瞧瞧后来的那些熊将会喝点儿什么。"接着起身回家。可是最后，他一天中的大部分时间都沉溺于饮酒，夜里则摇摇晃晃地走回家，踢翻伞架，撞到落地灯，用两肘击穿窗户，随后会瘫倒在地板上一动也不动，直到在那里进入梦乡。为此，他的妻子极其苦恼，他的孩子们非常害怕。

　　最终，这头棕熊注意到这种生活方式的不当之处，于是开始改过自新，到头来变成了一位彻头彻尾的禁酒主义者、坚持不懈的禁酒演说家。他会对来到他家的每个人讲饮酒带来的各种可怕后果，还把他不再动那东西以后身体有多么强壮、多么健康夸耀一番。为了更加形象地说明他的这些演讲内容，他会在房间里头顶在地上倒立，或者双手撑地倒立，还会侧手翻，踢翻伞架，撞到落地灯，用两肘击穿窗户，然后被这些有益健康的运动搞得筋疲力尽，躺倒在地板上，进入梦乡。为此，他的妻子极其苦恼，他的孩子们非常害怕。

寓意：丢脸受挫又何妨，矫枉过正未必好。

被神化的猫头鹰

从前，在一个没有星光的漆黑夜晚，有一只猫头鹰端坐在一棵橡树的树枝上，地面上有两只鼹鼠想神不知鬼不觉地悄悄溜过去。"嘿，你们！"猫头鹰叫嚷道。"说谁呢？"两只鼹鼠又惊又怕，用颤抖的声音问道，因为他们不相信在这样浓重的夜色里，居然还有生灵能够看见他们。"说的就是你俩！"猫头鹰喝道。两只鼹鼠慌忙逃走了，并告诉田间和林中的所有动物，说猫头鹰是所有生灵中最伟大、最睿智的一个，因为他在暗夜里也看得见，还因为他能够回答任何问题。"我要查证此事。"一只蛇鹫说道。于是，又一个黑漆漆的夜里，蛇鹫拜访了猫头鹰。"我竖起了几根爪尖儿？"蛇鹫问道。"两根。"猫头鹰回答说。他答对了。"你能用另一种说法表达'换句话说'或者

'即'的意思吗？"蛇鹫又问。"就是。"猫头鹰回答。"一个情人为什么拜访他爱的人？"蛇鹫再问。"求爱。"猫头鹰回答道。

蛇鹫很快返回其他动物中间，对他们说这只猫头鹰的确是全世界动物中最伟大、最睿智的一个，因为他在暗夜里也能看得见，还因为他能够回答任何问题。"他在大白天里也能看清东西吗？"一只红色皮毛的狐狸询问。"能看清。"一只睡鼠和一只法国贵宾犬回答说。"居然问他在白天能不能看到东西！"所有其他动物都大声嘲笑这个愚蠢的问题，还攻击提出这个问题的红毛狐狸，把他和他的朋友们赶出了这片地区。然后，他们给猫头鹰传去讯息，请求他来充当他们的首领。

当猫头鹰来到动物们中间时，正值晌午，阳光明媚。猫头鹰走得相当缓慢，这让他的外表看上去相当高贵；猫头鹰用大眼睛凝神朝四处打量，这让他看上去有一种极端重要的感觉。"他是神！"一只普利茅斯洛克鸡尖声叫道。其他动物也都随声附和："他是神！"于是，猫头鹰去哪里，他们也跟到哪里；当猫头鹰开始撞到什么东西时，他们也跟着去撞这个东西。最后，他们来到混凝土铺就的公路上。猫头鹰沿着公路中央往前走，所有其他动物也都纷纷效仿。突然，一只充当前锋的老鹰看到一辆卡车以时速五十英里的速度朝着他们开过来，就连忙报告给了蛇鹫，蛇鹫又报告给猫头鹰。"前方有危险。"蛇鹫说。"就是。"猫头鹰回答说。蛇鹫又对他说："难道你不害怕吗？""怕谁？"猫头鹰相当平静地询问道，因为他看不到卡车。"他是神！"所有动物又一次大叫起来。在大伙儿仍旧大叫着

"他是神!"的当口,卡车撞倒了他们。其中一些动物只是受了伤,但是绝大多数动物,也包括那只猫头鹰在内,被撞死了。

寓意:人有所长,也有所短;盲目跟从,必将吃苦。①

---

① 此为编按寓言。原文为 You can fool too many of the people too much of the time.（你在大部分时间里可以愚弄绝大多数人。）

披着狼皮的羊

不久以前,有两只披着狼皮的绵羊去狼群里做间谍,留心观察接下来会发生什么事情。他俩进入狼群的时候,刚好赶上节日,所有的狼不是在酒馆里喝酒,就是在大街上跳舞。第一只绵羊对他的同伴说:"群狼不过跟我们一样,他们也就不是嬉戏就是打闹,在狼国里,每天都是节日。"他把看到的情形记录在一张纸上(一个间谍永远不该做这种举动),标题是这样写的:《我在狼国的二十四小时》,因为他下决心不再做间谍,而是写一部关于狼国的书,再为《绵羊家庭指南》杂志写一些文章。另一只绵羊猜到了第一只绵羊的打算,因此他躲起来开始写一本名为《我在狼国的十小时》。当第一只绵羊发现他的朋友不见了以后,他揣摩到了朋友的心思,于是用电报给他的出版商传去一本书，书名是《我在狼国的五小时》，并且抢先发表了。另一只羊立即把手稿卖给了一家报业集团进行连载。

两只羊全都向他们的同胞传递了相同的信息：群狼只不过跟绵羊们一样，因为他们不是嬉戏就是打闹，在狼国里，每天都是节日。绵羊国里的居民完全相信了他俩发回的信息，于是绵羊们撤回了哨兵，推倒了栅栏。当群狼来袭的那一夜，他们馋涎欲滴，不断咆哮，而那些绵羊就像落在玻璃窗上的苍蝇一样，很容易便被猎杀了。

寓意：聪明反被聪明误，耍小聪明只会害人害己。①

---

① 此为编按寓意。原文为 Don't get it right, just get it written.（不用弄懂，只要记录下来就行。）

娶了一个笨老婆的鹳

一只丹麦鹳有个习惯，就是每周有六个夜晚离家到城里跟年轻伙伴喝酒、赌博、玩游戏，可他的老婆自打跟他结婚后，从没离开过他们那个安在烟囱顶上的窝，因为他不想让老婆了解雄鹳们的生活方式。每当他回到窝里——时常是在凌晨四点以后，要是聚会不挪到鲁本家接着进行的话——他总是为老婆买一盒糖。把糖递给老婆的同时，他总是给她讲一个鹳故事，那无非是个荒诞的故事。"我出去接生了①，"他会这么说，"这差事差点儿累死我，不过这是我的任务，还得进行下去。""你为谁接生呀？"有一天早晨他老婆问他。"为人类接生，"他回答，"要是没有其他生灵的帮忙，人类是无法生出孩子的。其他所有动物都能自己生孩子，可人类就是这么无能。他们从获取食物、

---

① 欧洲民间故事里，白鹳是送子观音。

衣服到交朋友，都要靠其他动物来帮助。"话音未落，电话铃声响了，丹麦鹳去接电话。"又一个婴儿要出生了，"挂断电话后他说，"我今晚还得出去。"就这样，当天晚上他离开了窝，直到第二天早上七点半才回来。"这一回情况非常特殊，"把一盒糖递给老婆的同时，他说，"有五个女孩儿。"他没有补充说明这五个女孩儿都是二十几岁的金发美人这一事实。

一段时间以后，雌鹳开始思考起来。她丈夫告诉她永远不要离开窝，因为外面的世界充满了捕鹳陷阱，不过现在她开始怀疑这一点。于是，她飞到外面的世界去看了看，听了听。就这样，她学会了报时，还明白了雄性的话不可全信。她发现，就像诗人说的：糖果是好东西，但烈酒见效快。她还发现，人类的后代从来都不是由鹳来接生的。最后这个发现对她是一个很大的打击，不过，当雄鹳在第二天五点半回窝时，遭受的打击更大。"嗨，你这个冒牌产科医生！"他老婆冷冷地说，"今天的五胞胎金发美人都怎么样啊？"然后抄起烟囱上的砖头朝他的头顶砸去。

寓意：吹牛撒谎可瞒人一时，但瞒不了一世。①

---

① 此为编按寓意。原文为 The male was made to lie and roam, but woman's place is in the home.（雄性生来就爱撒谎和闲逛，可雌性的活动空间却在家里。）

海中的绿色小岛

公元 1939 年一个甜美的早晨，一个矮小的老绅士起床以后，把卧室的窗户打开，让生气勃勃的阳光照进来。一只在露台上打瞌睡的黑寡妇蜘蛛，见状朝他扑过来，虽然没有叮到他，但也只是差之毫厘。老绅士下楼来到餐厅，刚想坐下来享用一顿丰盛的早餐，他的孙子，就是那个名叫伯特的小男孩，把他的椅子拉走了。老绅士的屁股摔伤了，好在没有骨折。

他一瘸一拐地来到大街上，朝一个树木葱郁的小公园走去，这个小公园对于老绅士来说，宛若大海中的绿色小岛。就在此时，一个神情冷峻的小女孩有意无意地让一个色彩艳丽的铁环朝他滚过来，把他给绊倒了。他连滚带爬地又走了一个街区后，一个胆敢在光天化日下抢劫的劫匪用枪抵住他的肋部，

"把手举起来，老家伙，"劫匪叫道，"把东西全部交出来！"这个老家伙举起手来，把手表、钱和小时候他妈妈送给他的金戒指都给了劫匪。

最终，当老绅士跌跌撞撞地进入被他视为灵泉和圣地的小公园时，他看见公园里一半的树患了枯萎病而枯死了，另一半的树也被病虫害折磨至死。树上的叶子全都落光了，无法再为他遮住那片天空。因此上百架飞机突临他头上的天空，它们透过炸弹的瞄准镜，把这个矮小的老绅士看得清清楚楚。

寓意：这个世上充斥着如此之多的糟糕状况，我相信，我们所有人都应该像国王一样开心，而你们也知道国王有多么开心。

乌鸦和黄鹂

　　从前，有只乌鸦爱上了一只巴尔的摩黄鹂。乌鸦看见黄鹂每年春天经过他的窝飞向北方，每年秋天经过他的窝飞向南方，他判断这只黄鹂是一个很有情趣的雌鸟。乌鸦观察到，黄鹂每年都跟一位不同的绅士一起飞向北方，不过他没有留意到所有的绅士都是巴尔的摩黄鹂这　事实。"每只雄鸟都能拥有那只雌鸟。"他自言自语道。于是，他到妻子那里，告诉她自己爱上了一只巴尔的摩黄鹂，那黄鹂就像一条袖口链扣一样可爱。乌鸦对妻子说他想离婚，他妻子只是通过打开房门把帽子递给他的举动答复了他。"等她抛弃你的时候，可别跑到我这里来哭诉，"妻子说，"那种候鸟根本没有脑子，她既不会做饭也不会做衣服。她那高音区的鸣叫声就像大街上汽车转弯儿发出的声音。你在任何词典上都能查到，乌鸦是最聪明、最能干的鸟类——或者等你成为一只聪明能干的鸟时，会认识到这一点。""住口！"雄乌鸦说道，"哼，你只不过是个嫉妒的女人！"他扔给她一些钱。"拿着，"他说，"去给你自己买些漂亮衣服吧，你看上去活像一只烧水壶的壶底！"说完，他就飞出去找那只黄鹂了。

此时恰逢春季，乌鸦遇到那只黄鹂时，她正同一只他从未见过的雄黄鹂飞往北方。他拦住雌鸟，说明原因——或许我们应该说他发出了求偶的叫声？不管怎样，他操着嘎嘎的刺耳声向她求爱，逗得她欢快地笑起来。"你的叫声听起来就像一个老窗户开关的声音。"她打着响指对他说。"与你的男友比起来，我更大更强壮，"乌鸦说，"我的语言也比他的丰富。乡间所有的黄鹂一起使劲儿，也抬不动我拥有的谷物。我还是个好哨兵，万一有危险，我的声音可以传出去几英里远。""除了另一只乌鸦，我看不出还有哪类鸟对这些感兴趣。"雌黄鹂一面嘲笑乌鸦，一面朝北方飞去。雄黄鹂扔给乌鸦一些硬币，"拿着，"他说道，"去给你自己买一些色彩靓丽的衣服吧，你看上去活像一只老咖啡壶的壶底。"

乌鸦伤心地飞回他的窝，然而他妻子并不在窝里。他看到前门钉着一张字条，上面写道："我已经跟着伯特走了，你会在医药箱里找到一些砒霜。"

寓意：背弃别人的人，最终将被别人唾弃。

一头挑战世界的大象

　　有一天一头非洲大象早上醒来后，信心满满，认为自己只需一次战役就可以一劳永逸地打败世间的所有动物。他奇怪自己从前怎么从没想过这件事。早饭过后，他首先冲一头狮子叫板。"你仅仅是百兽之王，"他吼叫着，"而我才是至高无上的艾斯①！"他只用了一刻钟就将狮子毫不留情地打倒在地，显示了自己的实力。接着，他一口气接连向野猪、水牛、犀牛、河马、长颈鹿、斑马、鹰和秃鹫挑战，并且把他们通通打败了。此役之后，这头大象绝大部分时间都躺在床上吃花生，而做了他的奴隶的其他动物为他建造了一幢动物史上最大的房子。房

————————————

① 英文为 ACE，原出于法文，意指"杰出之人"；也有"王牌"之意。

子有五层楼，用全非洲最坚硬的木材建造的。房子完工以后，这个动物中的艾斯搬了进去，并扬言能够使世上的所有动物都对他俯首帖耳。他向所有新来的动物发出挑战，要和他们在那幢大房子的地下室对战，因为他在地下室建立了一个是正常面积十倍的拳击场。

几天过去以后，大象收到了一封匿名应战信，信上写道："明天下午三天，在你的地下室见。"于是，第二天下午三点钟，大象下到自己的地下室，去迎战那位神秘的对手。然而地下室里空空如也，至少他在那里没能见到任何动物。"无论你躲在什么东西后面，都给我滚出来吧！"大象吼道。"我没有躲到任何东西后面。"一个细微的声音回答。大象在地下室里愤怒地到处乱撞，踢翻了水桶和箱子，用头猛撞壁炉的烟筒，连房子的地基都撼动了，但就是没有找到他的对手。折腾了一小时以后，大象咆哮着说这件事完全是个花招和骗局，他听到的声音也许是腹语，他再也不会到地下室来了。"噢，你当然会到地下室来的，"那个细微的声音说，"明天下午三点钟，你就会到地下室来，最终你会后背着地地落下来。"大象的嘲笑声震动了整幢房子。"咱们走着瞧！"大象吼道。

第二天下午，睡在五层楼的大象在两点半钟醒过来，看了看自己的手表。"我看不出有谁能把我弄回到地下室。"他嘟囔完这句后，又睡着了。正好在三点钟，整幢房子开始摇晃、振动，仿佛一场地震将房子玩弄于股掌之间。立柱和横梁仿佛芦苇秆一样弯曲、断裂，只因为它们全都布满了被钻出的小孔。

第五层完全垮塌了，坠落到第四层，连带着第四层垮塌、坠落到第三层，连带着第三层垮塌、坠落到第二层，连带着脆弱得仿佛浆果篮子一般的第一层地板坠落下去。就这样，大象陡然进入地下室，后背着地，重重地跌落在混凝土地面上，完全失去了知觉。一个细微的声音开始给大象数秒，数到十秒的时候，大象苏醒了过来，但无法站起身来。"你是什么动物？"大象用颤抖的、失去威慑力的语调询问那个发出神秘声音的动物。"我是白蚁。"一个细微的声音回答说。

其他动物又拉又扯地忙活了一周，终于把大象从地下室里抬出来，投入了监狱。这头跌断了后背、精神颓丧的大象，在监狱里度过了余生。

寓意：大小不是胜负的决定因素。

鸟和狐狸

　　从前，上百只巴尔的摩黄鹂快快乐乐地生活在一处鸟类禁猎区里。禁猎区是一片高高的铁丝网围起来的森林，刚刚建成那会儿，一群住在附近的狐狸表示反对，认为铁丝网破坏自然，是霸道的分界物。然而，狐狸们当时并未做出任何应对措施，因为他们正忙于收拾邻近几座农场里的那些鸭子和鹅。当所有的鸭子和鹅被收拾完毕，再也没有其他可吃的东西时，狐狸们再次把注意力转向了鸟类禁猎区。狐狸的头领宣称，先前鸟类禁猎区里曾住着狐狸，但后来他们全都被驱赶了出来。他还声明说，那些巴尔的摩黄鹂应该回归巴尔的摩。他进一步表明，禁猎区里的那些黄鹂持续不断地威胁着世界和平。其他的动物都警告那群狐狸，要他们不要打扰禁猎区里的鸟类。

可是在一天夜里，这群狐狸还是袭击了禁猎区，拆毁了围住禁猎区的铁丝网。黄鹂刚刚飞出禁猎区，就被狐狸们捕食了。

第二天，狐狸的头领，这只曾给过上帝日常指导的狐狸，登上讲坛向其他狐狸致辞。他的致辞简单而庄严。"你们看到，站在你们面前的是另一个林肯。"他说，"我们已经解放了所有的鸟！"

寓意：鸟类的政府，是由狐狸治理的，为了狐狸的利益，他们必须从这个地球上消失。

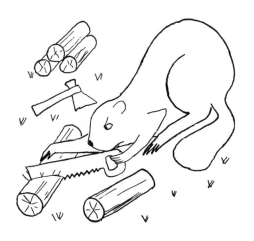

亚瑟和阿尔的追求

从前，有一只名叫阿尔的年轻水獭和一只名叫亚瑟的年长水獭，他俩同时爱上了一只美丽娇小的母水獭。母水獭不看好年轻水獭的求爱，因为他是一个从不做事的轻率鲁莽的家伙。年轻水獭有生以来从没做过啃啮工作，因为他更喜欢吃饱睡好，更喜欢慵懒地在溪水里游泳，跟一群女孩子玩"现在我要追赶你"的游戏。年长的水獭自打长出第一颗牙开始，从没做过其他事情，而是一直在工作，他从来没有跟任何人玩耍过。

当年轻水獭请求那只母水獭嫁给他时，母水獭说，除非他能够有所成就，否则她不会考虑嫁给他。她提醒年轻水獭，说亚瑟已经建成了三十二座水坝，目前正着手建造另外三座水坝，而他阿尔生来甚至连一块擀面板或者一只小碟子都没制作过。阿尔听后非常沮丧，但是他说他决不会因为一个女人想要他工作他就去工作。于是母水獭提议要做他的妹妹，但他说他已经有十七个妹妹了。就这样，他又回去吃吃睡睡，在溪水里漫游，跟女孩子玩"客厅里的蜘蛛"的游戏去了。在一天吃午饭的时候，那只母水獭跟亚瑟结婚了，因为他每次放下手头的工作从不超过一个小时。这对水獭生了七个孩子，为了养家，亚瑟工作过于努力，以致他的牙齿磨得都到牙龈线下面去了。亚瑟的健康状况完全毁了，不久以后便死去了，他生前从来没有休过假。那只年轻的水獭继续吃吃睡睡，继续在溪水里漫游，继续跟女孩子玩"脱掉你的鞋"的游戏。他没有一丁点儿成就，但是他过得开开心心，活到了高寿。

寓意：碌碌无为，真的能快乐吗？努力工作，又懂得享乐，才是完美人生。①

---

① 此为编按寓意。原文为 It is better to have loafed and lost than never to have loafed at all.（游手好闲、虚度光阴总比从不混日子好。）

一只不肯飞的母鸡

　　在美国中西部一个州生活着一只芦花母鸡，她反对飞行。因为年轻的时候，她看到北飞的一群鹅中有两只（被猎人射中）猛地从空中坠落，摔入林中。她在村里四处走动，向大家述说飞行是一件危险的事情，任何一只有理智的禽类都应该坚守着结实的土地。每次她不得已要穿过农场附近的一条混凝土公路时，她都尖叫着跑着过去。她这样做有时会轻松一些，而另外一些时候，都差点儿被经过的汽车撞到。在一个月（七月）里，她的五个姐妹和三个女儿的丈夫在穿过公路时被撞死了。

　　不久以后，一只颇有胆量的北美鸳鸯开办了航空业务，提供穿越公路的往返飞行服务。带母鸡或者公鸡飞行，收取五粒谷物的报酬，带小鸡飞行需两粒谷物。然而，这只芦花母鸡在禽类群落里是个有影响力的主儿，她到处游说，咕咕咕、咯咯咯地告诉每个禽类，说空中旅行不安全，永远也不会安全。她还奉劝小鸡们不要乘坐在北美鸳鸯的背上，致使北美鸳鸯的生意亏本，被迫返回了丛林。在那年年底之前，这只芦花母鸡的另外四个姐妹、另外三个女婿、四个阿姨和祖父都在想要徒步穿过公路时被撞死了。

寓意：丢弃本能便无法生存。

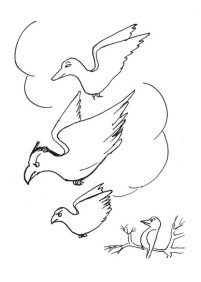

旷野里的玻璃

　　有一天，康涅狄格州一个工作室的几个建筑工人把一面巨大的方形厚玻璃板留在了旷野，它竖直立在那里。一只疾速飞过旷野的黄雀撞到玻璃板上，失去了知觉。他醒过来后，赶忙飞回他的俱乐部。那里的服务员帮助他包扎了头部，并给他倒了一杯烈酒。"到底发生了什么事情？"一只海鸥问道。"我正飞过一片草地，突然，空气在我的面前结成晶体。"黄雀回答说。听到他的答话，海鸥、老鹰和海雕全都开怀大笑起来。一只燕子在一旁神情肃穆地听着。"十五年来，从雏鸟到成鸟，我一直在这片旷野上空飞来飞去，"老鹰说，"我向你保证，从来没有空气结晶这回事儿，水能够结晶，空气，绝不会结晶。""你可能撞到了一个冰雹。"海雕对黄雀说。"或许他被击中了。"海鸥说，"燕子，你认为是什么呢?""哦，我——我认为空气有可能在他面前结成晶体了。"燕子回答说。那些大型鸟笑得太厉害了，惹恼了黄雀，他跟他们每一个赌一打虫子，说他们沿着他的路线飞过旷野时，不可能不撞到凝固的空气。他们都接受了打赌，那只燕子也跟着前去看热闹。海鸥、老鹰和海雕决定并肩飞过黄雀指明的路线。"你也一起来吧。"他们对燕子说。"我——我——嗯，我不，"燕子说，"我不想去。"于是，三只个头大的鸟一同起飞，同时撞到了玻璃板上，全都失去了知觉。

寓意：不仅仅凭经验行事，方能保全自己。

乌龟和兔子

　　从前，有一只博学的年轻乌龟，他在一本古书上读到一则乌龟在赛跑比赛中挫败兔子的故事。他也读了他能够找到的其他所有书，但是没有一本书里有兔子在比赛中挫败乌龟的记载。这只博学的乌龟自然而然地得出了他比兔子跑得更快的结论，于是他就动身前去寻找兔子。在漫无目的寻找过程中，他遇到了许多想跟他赛跑的动物，他们是黄鼠狼、白鼬、达克斯猎犬、獾猪、短尾田鼠和地松鼠。然而，当乌龟问他们是否能比兔子跑得快的时候，他们全都回答：不能。（除了一个名叫弗雷迪的达克斯猎犬以外，没有其他动物再去关注他）"那么，我能。"乌龟说，"因此，我在你们身上浪费时间是毫无用处的。"说完，乌龟继续他的找寻之旅。

又过去了许多天，乌龟终于遇到了一只兔子，于是向他下了赛跑的战书。"你要用什么来跑呢？"兔子问道。"你不用操心那个，"乌龟说，"只读读这个就行。"乌龟让兔子读了古书上的那则故事，连同故事结尾的寓意——跑得快的并不总是跑得快——全都让兔子看了。"胡说！"兔子说，"你一个半小时都跑不了五十英尺，而我只用一又五分之一秒就能跑完五十英尺。""瞎说！"乌龟说，"你可能连一秒都坚持不了。""我们走着瞧！"兔子回答说。于是他们标出了五十英尺的一段路程。其他动物全都围拢过来，一只牛蛙敦促他们开始比赛，一条猎狗开了一枪，比赛开始了。

等到兔子跑过终点线时，乌龟仅仅跑了将近八又四分之三英寸。

寓意：一把新扫帚也许扫得干净，但是永远不要相信一把老锯子能锯得更好。

耐心的警犬

　　1937年5月，一条生活在俄亥俄州瓦帕科内塔瀑布群地区的警犬接到了追踪一个犯罪嫌疑人的任务。这条警犬追踪嫌疑人到阿克伦市、克利夫兰市、布法罗市、锡拉丘兹市、罗切斯特市、奥尔巴尼市和纽约市。时值威斯敏斯特狗展在纽约进行期间，然而这条警犬却不能去参展，因为那个嫌疑人登上了开往欧洲的第一班轮船。轮船在法国瑟堡靠岸后，警犬追踪嫌疑人到巴黎、加来、多佛、伦敦、切斯特、兰迪德诺、贝图瑟科伊德、爱丁堡。警犬也没能参加在爱丁堡举行的国际牧羊犬大赛。离开爱丁堡后，警犬又追踪嫌疑人来到利物浦。由于嫌疑人抵达利物浦后，立即登上了一艘开往纽约的轮船，警犬就没机会探究利物浦气味了。

　　返回美国以后，警犬追踪嫌疑人来到蒂内克、特纳夫莱、奈阿克和皮帕克，在皮帕克期间，警犬没有时间跟皮帕克的毕尔格猎犬赛跑。离开皮帕克后，猎犬追踪嫌疑人来到辛辛那提、圣路易斯、堪萨斯城，又折返回圣路易斯、辛辛那提，继而来到哥伦布、阿克伦城，最终返回了瓦帕科内塔瀑布群地区。在这里，最初被指控、并被警犬追踪的罪名不成立，嫌疑人被宣判无罪。

该警犬早已患上了爪垫脱落症，由于这次追踪过程中他过于疲惫，从此无法再去执行任何追踪任务，也再没能比乌龟走得快。此外，因为他是用鼻子闻着地面、眼睛盯着地面的方式把全世界走了个遍，所以错过了世上的所有美景和趣事。

寓意：责任大于天，无论结果如何。①

---

① 此为编按寓意。原文为 The paths of glory at least lead to the Grave, but the paths of duty may not get you Anywhere（荣耀之路至少可以通向坟墓，而责任之路可能哪儿都到不了。）

花园里的独角兽

　　从前，一个阳光明媚的早晨，一名男子坐在早餐小桌旁，视线离开桌上的炒蛋，抬头看到一头长着金角的白色独角兽正在花园中安静地啃食玫瑰花。男子来到妻子仍然在熟睡的楼上卧室，叫醒了她。"花园里有一头独角兽，"他说，"它正在吃玫瑰花。"妻子睁开了一只眼睛，用不友好的眼神看着他。"独角兽是神话中的野兽。"她说完，转过身去背对着他。男子慢慢走下楼，出门来到花园里。那头独角兽仍然在那里，它正在吃郁金香花。"给你，独角兽。"男子一边说，一边拔起一株百合花递给它，独角兽神情严峻地吃了这株百合花。因为有一头独角兽在他的花园里，使得男子情绪高涨起来，他再次上楼叫醒妻子。"那头独角兽吃了一株百合花。"他说。他的妻子从床上坐起来，用冷冷的眼神盯着他。"你是一个精神病患者，"她说，"我要叫人把你送进精神病院。"男子一直就不喜欢"精神病患者"和"精神病院"这类词汇，尤其是在花园里有头独角兽的阳光明媚的早晨，他更加厌恶这类词汇。他思考了一会儿说："我们走着瞧。"他朝门口走去，"它的额头正中间长着一支金色的角。"他告诉妻子说。说完，他回到花园去看独角兽，然而那头独角兽已经不见了。男子坐进玫瑰丛中，开始睡觉。

丈夫刚一离开房间，妻子立即起床，并以最快的速度穿好衣服。她非常激动，眼中闪现着幸灾乐祸的神情。她先打电话给警察，再打电话给精神病医生，她要求他们马上赶往她家，并带上束缚精神病患者用的紧身衣。当警察和精神病医生赶到以后，他们坐在椅子上，带着极大的兴趣看着她。"我的丈夫，"她说，"他今天早上看见了一头独角兽。"警察看了看精神病医生，精神病医生看了看警察（警察与精神病医生面面相觑）。"他告诉我说独角兽吃了一株百合花。"她接着说。精神病医生看了看警察，警察看了看精神病医生。"他告诉我说那头独角兽前额正中间长着一支金色的角。"她补充说。精神病医生郑重其事地发出了信号，警察们立即从椅子上起身去抓那位妻子。为了压制住她，警察们费了好大周折，只因她挣扎得非常厉害，不过警察最终还是制服了她。他们刚给她穿上束缚精神病患者的紧身衣，她丈夫就返回了房间。

"你对妻子说过你看见了一只独角兽吗？"警察问丈夫。"当然没有，"他回答说，"独角兽是神话中的野兽。""我了解这些就够了。"精神病医生说,"把她带走。我很抱歉,先生! 不过你的妻子像一只喋喋不休的松鸦一样疯狂。"说完,他们带走不断尖叫、诅咒的妻子,把她关进了一所精神病院。从那以后,丈夫过上了开心快乐的生活。

寓意:雏鸟还未破壳就数数,为时过早。

麻烦制造者——野兔

　　在最小的孩子的记忆中，有一窝野兔与一群狼毗邻而居。众狼宣称他们不喜欢野兔的生活方式（众狼迷恋他们自己的生活方式，因为他们认定那是世上唯一的生活方式）。一天夜里，一场地震夺去了几条狼的性命，狼群把这场灾祸怪罪在野兔头上，因为众所周知：野兔跑动时，后腿连续敲击地面，引发了地震。另一天夜里，一条狼被一个闪电夺去了性命，狼群也把这件事怪罪在野兔头上，因为众所周知：是这些吃莴苣的家伙引发了闪电。众狼威胁说，如果野兔不守规矩，他们将出面教化野兔。野兔害怕了，决定逃到一个荒岛上去。然而，住得较远的一些动物觉得野兔的出逃计划很丢脸，他们对野兔说：

"你们必须待在你们现在住的地方，勇敢点儿，这个世上根本没有逃避者的容身之地。如果狼群袭击你们，我们十有八九会来帮助你们。"于是，野兔继续与狼群毗邻而居。有一天，一场可怕的洪水淹死了许多条狼，这当然该怪罪在野兔头上，因为众所周知：这些啃胡萝卜的长耳朵家伙引发了洪水。狼群为了自己的利益，突袭了野兔，他们为了保全自己，把野兔关押在漆黑的岩洞里。

几周过去了，其他动物们没有听到野兔的任何消息，于是他们想要知道野兔的遭遇。众狼回答说，野兔全都被吃掉了；既然野兔全都吃进了肚子里，那么这件事纯属内部事务。然而，其他动物警告狼群说，除非狼群能够给出毁灭那窝野兔的正当理由，否则他们十有八九会联合起来攻击狼群。为此，众狼给了他们一个理由。"野兔们意图逃走，"众狼说，"而诸位也知道，这个世上根本没有逃避者的容身之地。"

寓意：当断不断，必受其害。

母鸡和天空

从前，一只红色的小母鸡正在谷仓前的场院里啄食沙粒、虫子和谷粒，突然，有些东西掉落在她的头上。"天塌啦！"她大叫着开始奔跑；一边跑一边仍在大喊大叫："天塌下来啦！"她遇到的所有母鸡和所有公鸡，以及她遇到的每只火鸡和每只鸭子都自以为是地嘲笑她，那种方式就像毫不畏惧的你们嘲笑惊慌失措的人们一个样。"你在嚷嚷什么呀？"他们自鸣得意地嘲笑她说。"天塌下来啦！"红色的小母鸡尖声叫着。最后，一只爱卖弄的公鸡对小母鸡说："别犯傻啦，亲爱的！那只不过是掉在你头上的一颗豌豆。"说完他大笑不止，除了那只小母鸡，其他家禽也都跟着大笑起来。突然，随着一阵隆隆的巨响，大块大块结晶的乌云和结成冰的蓝天朝每只家禽的头上落下来，那只大笑不止的公鸡、红色的小母鸡和谷仓前的场院里的所有生灵都被砸死了，因为天真的塌下来了。

寓意：如果他们死了，我丝毫也不感到奇怪。

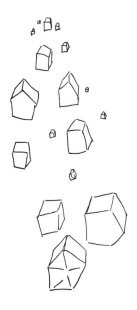

当代寓言集（续篇）

献给埃尔默·戴维斯

他对民众以及他们中间的个人的理解，

为我们这个时代指引了方向，因此我们可以看到，

无论我们社会发展到哪一步，这些寓言故事都专注于

赞美、友爱和感恩。

海与岸

  自打创世之初，一对凸圆状的生灵就生活在海洋里面。不久后的一天，他们被冲上了海岸，成了陆地的第一对发现者。"从未见过这样的光！"雌性生灵一面赞叹，一面平躺在阳光普照的沙滩上。

  "你总是能看见从未见过的事物，"雄性生灵嘟嘟囔囔地抱怨着，"你总是想要那些尚未得到的东西。"

  再来看那个雌性生灵，她躺在洒满阳光的沙滩上，开始进化出一种模糊的直觉和预知功能。她不甚清晰地预见到，有朝一日某些事物将会变成玫瑰花纹网的花边、平纹皱丝织品、气味芬芳的香水和珠宝。然而那个雄性生灵仅仅感受到潮湿和水汽，于是咕哝道："你像这些东西一样，有点儿潮湿，有些潮湿且不成形。"

  "我只需减去腰部周围一些不定性的肌体组织即可，"她说，"这个过程用不了一百万年。"说完这番话，她几乎以不易被察觉的速度朝着沙滩远端的丛生褐色植物蠕动，朝着太阳蠕动。"快跟上。"她对雄性生灵说道。但是那个雄性生灵缩成一团，返回了大海，已经不见了踪影。

两千年过去了，那个雄性生灵感到无法再独自生活下去，于是，有一天又上了岸。他略感满意地注意到，那个雌性生灵原本不成形的身体开始成形，而且简直称得上形体优美了。他回头朝大海游去，但是深植于体内无意识的本能令他生出了一丝短暂而轻微的渴望。骤然之间，大海似乎不那么令人满意了。他转身游上沙滩，开始朝着雌性生灵的方向蠕动，看起来后者在接下来的两千年里，肯定能够蠕动到正在变绿的矮树丛那里。"嗨，玛格，"他大声喊道，"等等你的宝贝！"

寓意：让我们仔细思考一下人类的这种基本情况：在每一个男人前面，而不是后面，总是有一个女人。

与癞蛤蟆有关的真理

一个仲夏之夜，在一个动物俱乐部里，有几个成员开始自吹自擂，他们都在夸耀自己的独特性或者成就。

"我是一只地地道道的金刚鹦鹉。"金刚鹦鹉扯着粗粝的嗓门骄傲地嚷嚷道。

"好吧，麦克，放松点儿。"正在照看酒吧间的乌鸦劝慰说。

"你们应该已经看到了我从他手中逃脱的那个家伙，"那条大马林鱼开口道，"他肯定足足有两百三十五磅重。"

"若不是有我在的话，太阳可能永远也升不起来，"雄鸡吹牛说，"而黑夜对次日天明的渴望也许永远也不会得到满足。"他拭去一滴泪珠，"要不是有我在，没有哪个能够起床。"

"若不是有我在，世上一个生物也不会有。"鹳鹤傲慢地提醒他说。

"我告知大家春天何时到来。"知更鸟喊喳而鸣。

"我告知大伙儿冬天何时结束。"土拨鼠接茬说。

"我告知众生冬季将会多么严寒。"一只灯蛾毛虫也不甘落后。

"当一场暴风雨即将来临时，我便在低处来回摆动，"蜘蛛说，"我不在低处摆动的话，暴风雨就不会来，而人们就会死于旱灾。"

老鼠插嘴说："你们知不知道哪里流传这样一句话，'没有一个生灵，甚至连一只老鼠都一动不动'？"说到这里，他打了个嗝，"那么，绅士们，话里提到的那只小老鼠，就是又小又老的我。"

"安静！"那只乌鸦说，他一直在一块招牌上写着什么，此时他把招牌挂在酒吧间上方比较显眼的地方，上面写道："打开绝大多数心门，你会看到它们上面刻着'空虚'二字。"

动物俱乐部的成员全都盯着那块招牌。"或许上面说的是狼，他认为是他发现的罗马。"猫推测说。

"或者指的是那头大熊，他认为自己是星星做成的。"老鼠说道。

"也许说的是那只金雕，他总是以为自己是金子制成的。"公鸡说道。

"或者指的是那只绵羊，他总是觉得只有人们把所有绵羊都数完了，他才能去睡觉。"大马林鱼说道。

癞蛤蟆来到酒吧间，点了一杯绿薄荷果汁冻冰，里面还放了一只萤火虫。

"萤火虫会使你头昏眼花。"那位酒吧间男招待提醒他说。

"我不会,"癞蛤蟆回答说,"没有任何东西可以让我头昏眼花。我的头脑里有一颗珍贵的宝石。"俱乐部里的其他成员全都半信半疑地看着他。

"没错,没错,"男招待咧嘴一笑应道,"它是蟾毒,对吧,霍皮?"

"它是一颗漂亮至极的祖母绿宝石,"癞蛤蟆语气淡然地说道,把萤火虫从果汁中取出,随后一饮而尽,"这颗祖母绿绝对是无价之宝,比无价之宝还要贵重。让他们接着说。"

男招待调制了另一杯绿薄荷果汁冻冰,不过这一次他在果汁里加入了一条鼻涕虫,代替了先前加的萤火虫。

"我认为癞蛤蟆的头里面没那有珍贵的宝石。"金刚鹦鹉说。

"我认为有,"猫说,"没有哪个生灵像他那么丑陋且活灵活现,除非他的脑袋里面真有一颗祖母绿宝石。"

"我觉得没有,我跟你赌一百条鱼。"鹈鹕说。

"我跟你赌一百个蛤蜊,我认为他有。"矶鹬① 说。

再看那只癞蛤蟆,此时此刻,他喝足了果汁冻冰饮料,已经睡着了。于是,俱乐部里的成员们开始七嘴八舌地讨论该如何查明他的头里面到底有没有一颗祖母绿或者其他种类的宝石。他们从里面的房间里请来啄木鸟,并且向他介绍了事情的

---

① 矶鹬(sandpiper),是一种小型涉禽类鹬科的鸟,长有一长长的敏感的喙,用来啄食昆虫、蠕虫和栖于泥沙中的软体动物。

来龙去脉。"要是他的头上原本没有洞，那么我就给他啄出一个来。"啄木鸟说。

无论是发光的、可爱的，还是珍贵的，癞蛤蟆的头里什么也没有，酒吧间男招待关掉灯，公鸡发出报晓的啼叫声，太阳升起来了，动物俱乐部的成员全都默默地回家睡觉去了。

寓意：打开绝大多数头脑，你们会发现里面没有任何闪光的东西，甚至连一个念头都没有。

蝴蝶、瓢虫和东菲比霸鹟 ①

有一天，一只雄东菲比霸鹟飞出巢去为家人准备晚餐，他要为一窝羽毛初长的雏鸟找虫吃。在路上他遇到一只乱飞乱撞的瓢虫。

"我知道你能够捕获任何比高尔夫球小、比音速慢的东西，"瓢虫说道，"因为你是最迅捷的捕蝇能手，但是我的房子着火了，要不是我从家中飞出来，我的孩子们就会被烧死。"

这只东菲比霸鹟有时候也罪恶地盼望自己的家着火，因此他让那只瓢虫飞走了，而把注意力转移到一只美丽的蝴蝶身上。

---

① 东菲比霸鹟（phoebe），产于北美洲的一种东菲比霸鹟，是中等大小的鸟，以尾巴的拍打运动而闻名。

"你的房子着火了吗，你的孩子们就快被烧死了吗？"东菲比霸鹟开口问道。

"从来没有这等世俗的事情发生在我身上，"蝴蝶说，"我既没有孩子，也没有房子，因为就像所有生灵看到的那样，我是一个天使。"她冲着她周围的世界扑扇着翅膀，"这就是天堂。"她说。

"这就是天堂。"那窝羽毛初长的雏鸟们评论说，身为没有见过世面的雏鸟，他们当晚的餐后甜点就是那只蝴蝶。

寓意：那些手无寸铁地进入天堂的人，应该首先确认自己到底身在何处。

有勇无谋的老鼠与小心谨慎的猫

　　这一天，在厨房和食品储藏室里进行着盛大的游戏活动。因为猫不在家，所以一群老鼠玩起了各种各样的游戏，比如说，"老鼠想要一个角落"、"躲藏与尖叫"、"一只老猫"、"靴子里的老鼠"等游戏项目。就在这时，那只猫回来了。

　　"猫回来啦！"鼠爸爸小声警告。

　　"快钻进护墙板里面去，全都钻进去！"鼠妈妈说，于是老鼠们慌忙躲进了护墙板里面，只有一只老鼠留在了外面。

　　这只特立独行的老鼠是一个脾气古怪的家伙，名叫默文。有一次，鲁莽的默文居然咬了一条牛头犬的耳朵，并侥幸逃过了惩罚。默文并不知道，当时那条牛头犬已经饱得不想再吃任何东西，不过他永远也不会知道真相了，并因此一直生活在自以为是的虚幻梦境里。

　　这天，那只名叫庞赛塔的猫返回她历来生活的地方，让她异常吃惊的是，她在食品储藏室遇见了默文，后者在若无其事地啃食着面包碎屑。猫蹑手蹑脚地迈着猫步靠近他，令她震惊的是，这只老鼠居然冲着她的眼睛吐了一小块儿面包屑，还开始做出一系列侮辱的挑衅举动。

"你为啥要从那个囊状物中跑出来呢？"默文冷静地问道，"穿上你的睡衣去睡猫觉 ① 吧。"说完他又接着啃他的面包屑，并摆出一副天不怕、地不怕的样子。

"冷静，庞赛塔，"猫告诫自己说，"这事儿远不像眼睛看到的那样，肯定有更深一层含义。这只老鼠也许是一个舍生取义的家伙。他已经吃了毒药，一心想让我吃掉他，好毒死我，这样一来，他就成了英雄，为身后上百代子孙所景仰。"

默文回头瞥了眼一脸震惊、满腹狐疑的猫，开始用鼠语来嘲弄猫。"老天爷呀，吱吱，"默文说，"难道真有一门心思想要捉到我这只小老鼠的猫吗？"他伸出一只脚爪儿，冲着猫做出各式各样的侮慢动作。"我去那边喽。"他对庞赛塔说。接下来，他又做了一系列模仿动作，甚至包括那只 W.C. 田鼠的招牌动作。

"放松点儿，女士，"庞赛塔心里暗想，"这是一只机械鼠，是内置了声音用来欺骗猫的老鼠。如果我朝它扑过去，它就会爆炸，我便碎成了上百块儿。见鬼，这些老鼠真够聪明的，但是还不足以骗过我。"

---

① 原文是 cat nap，"打瞌睡，打盹"的意思，文中的老鼠故意用这个短语的字面意思"猫觉"来侮辱猫。

"若是你真有肠子的话，你都可以制成很棒的小提琴琴弦了。"默文傲慢无礼地说。尽管遭受了这样简直无法饶恕的侮辱，庞赛塔仍未发起突袭，反而转过身，昂首阔步地走出食品储藏室，来到了起居室，躺在壁炉旁自己的枕垫上睡觉去了。

等默文回到位于木制家具的家中，他的父母、兄弟姐妹、表兄弟姐妹和叔叔阿姨看到他活着回来，都非常吃惊。他们举行了家庭盛宴，摆上了最上等的奶酪。"她根本没攻击我，"默文吹嘘说，"我也丝毫没被抓伤。我能够对付卡茨启尔地区的所有猫。"吃完奶酪后，他上床睡觉去了，梦到了在为时一分二十八秒的第一轮比赛中击败了一只山猫。

寓意：勇敢的弱者反而比多疑的强者更有活命的机会。

玫瑰和杂草

在一座乡村花园中，一朵可爱的玫瑰花低头对一棵再普通不过的杂草轻蔑地说："你是一个不受欢迎的来客，非但没有经济价值，而且也不好看。恶魔一定喜爱杂草，于是他让这里长出这么多杂草。"

那位不受欢迎的来客仰头看着玫瑰花说："百合花腐败后，气味比杂草还要难闻，试想一下，玫瑰花腐败的气味也好不到哪里去。"

"我名叫多萝西·帕金斯。"玫瑰花傲慢地说，"你怎么称呼——加莱克斯甲虫草、膀胱草还是山蚂蟥草呀？杂草的名字都很难听！"多萝西微微抖动了一下，并没有抖掉她那美丽的花瓣。

"一些草类的名字可比帕金斯好听，也比什么多萝西对我的胃口。包括银叶花草、宝石草、糖果草。"杂草略微舒展了一下叶子，仍然坚守阵地。"在你生长的任何地方，我都能生存得更好。"杂草补充说。

"依我看，你肯定是盗贼草，"帕金斯小姐倨傲地说，"因为你作为不速之客闯进来，偷走本不属于你的东西——阳光、雨水和沃土。"

杂草以特有的方式笑了笑说："至少我没有出自攀缘植物家族。"

玫瑰花把身子挺得直直的。"我得让你知道，玫瑰是古英格兰的徽章图案，是古英格兰的象征。"她说，"我们是歌曲和故事中的花。"

"也是战争中的花。"杂草回答说，"仲夏的风对你来说可不是什么美好的风，而是劫掠之风。我曾看到过许多次，就发生在去年的那些玫瑰花身上，她们早已凋谢，被人遗忘了。"

"莎士比亚的剧作中还提到过我们玫瑰花呢，"玫瑰花说，"许多剧作都提到过，而且是屡次提到。那些语句太优美了，原本你不配听到，不过我还是要给你吟诵几句。"

就在此时，还没等帕金斯小姐开始吟诵，一阵西风仿佛行进中的骑兵一样，贴着地皮疾速刮了过来，多萝西·帕金斯美丽的鄙夷神态顿时变成片片凋零的花瓣，没有任何经济价值，外观也没有丝毫好看之处了。而杂草脚跟站得稳稳的，头迎向风，大概他觉得这种姿势可以安全而有力地抵御来风。然而，正当他从自己的草叶上拂去几片花瓣和几只蚜虫的时候，园丁的一只手迅猛地伸过来，在他还没能说出多萝西·帕金斯或者类似"宝石草"之类的话之前，就把他连根拔了起来。

寓意：一切都会过去，再美丽的花也会凋谢。

一只离群的蝙蝠

　　一群蝙蝠生活在美洲一个巨大的岩洞里，世世代代在那里飞翔、倒挂、吃昆虫、养育后代，一代比一代生活得更好。后来有一年，一只名叫福利特的雄性小蝙蝠夜里悄悄从自己的房间里飞出去，前往人群聚居的地方活动。回来后，他告诉自己的爸爸说，他决定彻底离弃蝙蝠的生活了。爸爸吃惊非小，就把福利特带到岩洞里所有蝙蝠的曾、曾祖父——福莱德那里。

　　"你应该为自己是蝙蝠群里的一只蝙蝠而感到骄傲，"福莱德说，"因为我们是地球上最古老的物种之一，比人类还要古老许多，况且我们是唯一一种能够飞翔的哺乳动物。"

　　愤愤不平的小蝙蝠并未被这些话打动。"我想像人群中的一个男人那样生活，"他说，"男人们拥有最好的食物、最好的娱乐生活和最可爱的女人。"

听到小蝙蝠这么说,老福莱德绕着岩洞发出令人费解的尖尖的咆哮声。随后,他恢复了平静,继续谈话。"有一天夜里,一个男人进入了我的房间,"老福莱德说,"不知道用什么方法,把我缠进了他的头发里面。那真是一次毁灭性的体验,从此我的身体再也没有完全康复。"

"人类死后会进入天堂,但是蝙蝠死了就是死了。"福利特说,"我死的时候也想进入天堂。"

这话逗得老福莱德以一种憔悴和伤感的方式悲鸣、尖啸,喘息了半天后他又说道:"你并不比一头驼鹿、一只老鼠、一只鼹鼠更有骨气!你永远不会变成一个天使,你应该为此感到高兴,因为天使并不真的会飞。蝙蝠死后希望永远长眠,而不像一只蜜蜂或蝴蝶那样永远踉踉跄跄地到处乱飞。"

然而福利特决心已定,老蝙蝠那些睿智的话语丝毫没有奏效。当天夜里,这只愤愤不平的小蝙蝠离开了蝙蝠群,扑扇着翅膀飞出岩洞,信心满满地打算放弃自己翼手目的身份,加入幸福的人类生活。相对于他的美梦来说,不幸的是,他第一天夜里倒挂在一个演讲大厅的房梁上,听到了一个当红的灵感论者把上帝拉低到与人类平齐地位的演说。演讲厅引座员在全神贯注的听众之间游走,售卖那位演说家的书——《与万能的上帝握手,你可以成为耶和华的伙伴》《你已经获得来世的保险单了吗?》演说家说:"当你等公共汽车或者骑车去上班时,当你坐在牙医的椅子上时,同上帝做简短的交谈。空闲时间里,在轻松惬意的角落与上帝进行轻松愉悦的交流。"

福利特确信，因为自己倒挂在这种永生的物种面前，出了声学上的问题，或者他的耳屏出了问题。但是，当他开始在演讲大厅四处飞来飞去时，所听到的英文句子本质上没有任何改变。"跟上帝说，咱们握握手吧，"灵感论者接着演讲，"打上帝一拳。"这位演说家一边把紧握的拳头举过头顶挥舞着，一边盯着天花板。"保持俯视的姿态吧，上帝！"他说，"你已经遭到来自撒旦的两记殴打！"

生来从没感受过不舒服的福利特此时感到很不舒服，他决定去透透气。透完气之后，他意识到自己不再想成为人类的一员，因为在都变成天使以后，自己已有误飞误撞到这位灵感论者的危险。想到这里，福利特飞回了岩洞。岩洞里的蝙蝠见他回来都非常吃惊，但是没有一个开口说话，大伙儿静默了好长一段时间。

"我回来了。"福利特嗫嚅地说。此后，他不再愤愤不平，他飞翔、倒挂、吃昆虫、养育后代，重新过起了历史久远的翼手目的生活。

寓意：正派的人憎恶那些把上帝当成市侩的人。

狮子和三只狐狸

狮子正在对母牛、山羊、绵羊解释他们猎杀的雄鹿应该归他所有的原因，这时，三只狐狸现了身。

"作为处罚，我将获得三分之一的雄鹿，"一只狐狸说，"因为你们没有狩猎许可证。"

"我要拿走三分之一的雄鹿送给你的遗孀，"另一只狐狸说，"因为法律就是这样规定的。"

"我没有遗孀。"狮子说。

"我们不要斤斤计较啦！"第三只狐狸一边拿走三分之一雄鹿作为预扣的税负一边说，"以备荒年之需。"

"可是，我是百兽之王！"狮子咆哮着。

"啊哈，那么你就用不着鹿角了，因为你有王冠嘛。"三只狐狸异口同声地说，随后，他们把鹿角也拿走了。

　　寓意：如今，要想像从前那样分得狮子该有的最大份额，可不那么容易啦。①

一条获得成功的狼

一条除了自己之外什么都不在意的年轻富有的狼因为翘课和图省事儿被学校开除了，于是他决定尝试是否能够在八十分钟内环游地球。

"那不可能！"他的祖母告诉他，而他只是冲她露齿一笑。

"不可能的事情是最有趣的啦！"他说。

她跟着他来到古老的狼窝的门口。"如果你跑得那么快，你都来不及活到你后悔的时候。"她警告他说。但他再次露齿一笑，吐出像领带那么长的舌头。

"那只不过是一个老狼的看法。"说完，他不顾一切地上了路。

他购买了一辆 1959 年出厂的"闪电勇士"汽车，它是汽车和飞机的结合体，具有冲天火箭般的起动速度、龙卷风一般的驱动器、炮弹一样的起飞样式、盖过一切亮度的车前灯、神奇的可收回单翼装置和配有闪电按钮的转换电离器。

"这辆旧汽车达到焚毁临界点的最快速度是多少？"他问那位汽车销售商。

"我不知道，"销售商说，"但是我有预感你能够发现它的最快速度。"

在环游地球的旅途中，这条年轻而富有的狼打破了所有地面记录和空中记录，还毁坏了很多其他的东西，从他撞倒华盛顿纪念碑起飞的那一刻起，到环游地球一周降落到华盛顿纪念碑地基为止，他只用了 78.5 分钟。欢迎他回家的仅由十一个活物组成，因为其他的全都藏到床底下去了。其中有一条为速度疯狂的年轻母狼，她具有与生俱来的瞬间勾引公狼的能力，没用一秒钟，这条年轻的公狼就跟他新找的伴侣去创造"底朝天开车"、"倒退开车"、"蒙眼开车"、"戴手铐开车"、"醉酒开车"、"两倍速开车"和"四倍速开车"的记录去了。

一天，他们决定尝试一下手拉着手看着电视、保持每小时 175 英里的车速的同时，是否能够从第五大道拐入中央公园。这是一个可怕的破坏、碰撞、分裂、轰鸣、燃烧、爆裂、粉碎场面，以燃烧的车轮、星星、飞檐、屋顶、树梢、玻璃、钢铁和人的展示来结尾。观众眼看着那扇红色的大门在空中洞开，巨大的门枢朝内摆动，展现出一个无穷尽的未知空间，然后在那两只燃烧的飞狼身后关上，以哐啷一声终结了所有噪声，当这些已经确保将不会占上风的门事实上占了上风的时候，观众们惊吓而死。

寓意：我们不知道我们中的大多数人死在哪里，但开快车的人肯定死在路上。

蓝知更鸟和他兄弟

据说，蓝知更鸟兄弟可不像我们人类兄弟一样，其中一只蓝知更鸟是豌豆荚里的珍珠，另一只仅仅是颗豌豆；珍珠逍遥自在，而豌豆则忧伤绝望。

"我迷恋上了爱情和生活。"逍遥鸟唱道。

"我害怕性欲和飞行。"忧伤鸟唱道。

珍珠炫耀他那如漂亮的蓝色旗帜一样的快乐颜色，他的歌声像造反者的呼喊一样大胆。他每年冬季独自飞往南方，每年春季都跟不同的女伴飞回北方。他快乐的哲学使他的灵魂不受恐惧的污染、内疚的压力的束缚，他获得了极少数雄鸟和更少数男人曾经达到的精神宁静状态。他的一些孩子也是他的外甥女，是他的一个姐妹的女儿，但他并不为此担心。他在上百棵皂荚树、樱桃树、丁香树丛中坐得自由自在，唱得悦耳动听，睡得踏踏实实。他的一些孙子也是他的外孙子，是他的一个姐妹的孙子，但他并不为此担心。

夏天日落时分，这只快乐的蓝知更鸟飞得比云雀和野鹅还要高，他非常开心地注意到，天空也像自己一样，身着微微染红的蓝装。

忧伤鸟每天冬天独自飞往南方，每年春天独自回到北方，从来没能飞得比你扔起一个沙发更高。让青蛙家族、狐狸家族、鼹鼠家族、囊地鼠家族、蟋蟀家族和癞蛤蟆家族吃惊的是，他年纪轻轻就得了旷野恐惧症，到地洞里面生活去了。一天，他的这种行为也让打算挖洞埋骨头却把他给挖出来的那条狗大吃一惊、不知所措，随即慌乱地把他又埋了起来，既没有为他悲伤，也没举行任何葬礼仪式。

寓意：拒斥生活远比拥抱生活更危险。

衣蛾和月形天蚕蛾

　　一只住在衣橱里的衣蛾整天除了吃羊毛和毛皮，从来没有做过任何别的事情，也从来不想做别的事情。一天黄昏，他刚飞出衣橱，便看到一只可爱的月形天蚕蛾出现在窗玻璃外面。月形天蚕蛾身着一袭漂亮的晚礼服，靠着透出光的玻璃，像一片秋日飘落的叶子一样优雅地鼓动翅膀。吸引月形天蚕蛾的是房间里壁炉上方壁炉架上一只点燃的蜡烛的烛光，但是衣蛾误以为她在对自己发信号，于是对她生出了强烈的渴望之情。

　　"我一定要拥有你。"衣蛾说，但是月形天蚕蛾大笑起来，她的笑声仿佛仙境隐约传来的丁零丁零的铃声。

　　"去吃裹尸布吧！"月形天蚕蛾傲慢地说，"你像帐篷蛾或舞毒蛾一样粗俗，浑身上下几乎没有一处比得上虎蛾那么英俊。"

　　"如果你来跟我一起生活，我会给你吃羊毛衫和毛皮围巾。"衣蛾说，可爱的月形天蚕蛾的轻蔑和嘲笑反而让他情欲大增。

"你是个飞虫，只会在空中飘浮，不会飞翔或翩然起舞。"月形天蚕蛾一面说，一面试图穿过窗玻璃，到达壁炉架上像星星一般闪烁的烛光中去。

"你会拥有婚纱、晚礼服、貂皮大衣。"衣蛾充满渴望地说。月形天蚕蛾再次笑起来，笑声仍旧像仙境隐约传来的丁零丁零的铃声。

"我生活在黄昏，与星光为伍。"月形天蚕蛾说。

"这是一飞钟情，"衣蛾争辩着，"这是一舞钟情。"

月形天蚕蛾银铃般的小嗓音变得尖利起来。"你是粪肥，"她说，"是烂根，是一只庸俗的爬虫。"

所有这些词都是一个举止得体的飞蛾很少用到的词语，然而它们对衣蛾那如火的情欲起不到任何作用。

"我知道你已经快要踏入坟墓了，"衣蛾对她说，"我知道你不久于这个世界了，因此我必须要尽快拥有你。美丽的事物是瞬间的喜乐。"

可爱的月形天蚕蛾试图哄骗她的仰慕者打开窗户，这样她就能够飞向壁炉上方那令她着迷的火焰了，但她并没有把这种想法透露给衣蛾。她使他相信，他苍白单调的求爱已然赢得了她的心。怀着接近她的欲望，衣蛾一次又一次地朝着窗玻璃飞撞过去，终于把窗玻璃撞出了一个小洞，随即摇摇晃晃地飘落在地板上，头部、翅膀和身体全都撞破了，死在了当地。月形天蚕蛾对星火的渴望是一个永恒的事实，她迅捷而优雅地朝着壁炉架上的蜡烛飞去，烧毁在烛火之中，仅仅发出了点燃的烟头掉落到一杯咖啡里所发出的嗞嗞声。

寓意：爱是盲目的，而欲望完全得不到好的下场。

情郎和他的情妇

非洲的一个下午，一只傲慢的灰鹦鹉和他那傲慢的伴侣带着蔑视和嘲讽的表情听着一个情郎和他的情妇做爱的声音，这对做爱的情人恰好是一对河马。

"他居然称呼她为'甜心'，"灰夫人说，"你能相信吗?"

"难以置信，"灰先生说，"我真不明白，一个头脑正常的雄性怎么会对一个不比倒扣的浴缸更有魅力的雌性怀有爱

意呢！"

"倒扣的浴缸，还真像！"灰夫人感叹道，"说到两个家伙的魅力，不比一艘装载着灌满水的篮球的汽船好到那里去。"

时值春季，这位情郎和他的情妇适逢青春年少，他们完全不在意他们尖酸刻薄的邻居的挖苦，继续在水中碰撞亲昵。他们开心地来来回回地推进、拉出，喷着鼻息，温柔地占有彼此。相互合为一体时，他们彼此求爱的情话在他们自己听来，仿若含苞待放的花蕾和初萌的青草一样充满诗意。然而，这个情郎和他的情妇笨拙的瞎闹对那双灰邻居来说，是难以理解甚至是难以忍受的。有那么一会儿工夫，他们竟然想打电话给A.B.I，就是非洲调查局，理由是这对很久以前就应该变成体面的化石的巨型生物僵化的做爱行为会威胁到丛林的安全。后来，灰夫妇还是决定给朋友和邻居打电话，说这对不知廉耻的情人的闲话，嘲笑他们，用打滑的公共汽车、结冰的街道、翻倒的移动客货车这类怪异的比喻来形容他们。

当天晚上更晚些时候，这对公河马和母河马吃惊加震惊地听到那对灰鹦鹉夫妇彼此说着情话。"听听这些粗俗的叫声！"公河马哼哼着说。

"老天，他们究竟怎么看清对方呢？"母河马咕哝着说。

"我更愿意跟一副没上油的园艺剪刀成为邻居！"她的情郎说。

他们打电话给朋友和邻居，一同探讨了难以置信的事实，就是雄性灰鹦鹉和雌性灰鹦鹉怎么可能有性吸引力。午夜已经过去好长时间，河马们才停下对这对灰夫妇的品评，都睡觉去了；灰鹦鹉们也停止对河马们的恶毒评价，回了窝。

寓意：你笑，世界陪你笑；你爱，却是你自己的事儿。

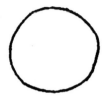

狐狸和乌鸦

嘴里叼着一块奶酪的乌鸦落在一棵树上，吸引了狐狸的嗅觉和眼球。"如果你能够唱出与你的坐姿一样优雅的歌，"狐狸说，"那么在我的嗅觉和视觉范围内，你就是最漂亮的歌手。"这只狐狸在一处、另一处、第三处地方都曾经读到过称赞一只嘴里叼着奶酪的乌鸦的声音，乌鸦会抛下奶酪，开口唱歌。然而，在这个特定的场合，类似的事情没有发生在这只特定的乌鸦身上。

"他们说你狡猾，他们说你疯癫，"乌鸦用一只爪子小心翼翼地把奶酪从嘴里拿出来说，"而你肯定也没什么见识。那些叫声婉转的鸟拥有华丽的羽冠、鲜艳的外衣、亮丽的马甲，一美元就能买来一百个。我穿黑色的外套，我是独一无二的。"说完，他开始啄食奶酪，没有掉落一粒奶酪渣。

"我相信你是独一无二的，"狐狸说，这是一只既不疯癫也不少见识、但的确狡猾的狐狸，"因为更仔细地瞧了瞧，我承认你是所有鸟中最出名、最有天赋的那只。我本来很愿意听你讲讲你自己的故事，然而我非常饿，得走了。"

"留下待一会儿，"乌鸦急忙说，"来与我分享我的午餐。"说着，他把大部分奶酪扔给了狐狸，随即开始讲起了自己的事情。"没有乌鸦窝的航船，航行时必遭厄运，"他说，"栅栏可以出现，也可以消失，但（乌鸦式）撬杠会永远存在。我是飞行者的先驱，我也是地图绘制者，最后而不是最次要的，科学家、工程师、地理学家和学者们都知道我的飞行，就像两点、任意两点之间直线最短这个真理一样千真万确。"他傲慢地下了结论。

"喔，任意两点之间，我相信。"狐狸回应说，"谢谢你分给我大部分奶酪，我知道你原本剩不下这么多。"说完这些话，狐狸快步钻入林中，他的食欲得到了满足，只留下那只饥饿的乌鸦孤零零地栖息在树枝上。

寓意：在伊索时代、拉·封丹时代以及当代，从来没有人称赞起你来比你自夸还要好。

主旋律的变奏

一

一只被香味吸引的狐狸，循着香味来到一棵树下，看见一只嘴里叼着奶酪的乌鸦正栖息在树上。"噢，原来是奶酪，"狐狸轻蔑地说，"那是老鼠才吃的东西。"

乌鸦用爪子取下嘴里的奶酪说："你总是痛恨你无法得到的东西，比如说，葡萄。"

"葡萄是鸟吃的东西，"狐狸傲慢地说，"我是个爱吃的人，是美食家，是个老饕。"

乌鸦羞于被一个伟大的饮食艺术专家看到自己在吃老鼠的食物，窘迫地连忙把奶酪扔了。狐狸敏捷地接住了奶酪，津津有味地把它吞下了肚，很有礼貌地说了声"谢谢"，快步离开了。

二

一只狐狸用尽所有花言巧语都白费力气，因为他奉承完乌鸦，却没能让乌鸦扔下那块叼在嘴里的奶酪。突然，乌鸦把奶酪扔向异常吃惊的狐狸，与此同时，厨房里丢了奶酪的农夫手拿一支步枪现了身，他正在寻找偷奶酪的贼。狐狸转身朝树林跑去。"他现在成了替罪羊！"乌鸦唯恐大伙儿不知道，他大声叫着，因为他能在比任何人都要远很多的地方看到枪管上反射的那道光。

三

这一次，狐狸决定再也不能让乌鸦以智取胜。于是，等到手提步枪寻找偷奶酪的贼的农夫出现时，狐狸并没有逃走。

"这块奶酪上的牙印儿是我的，"狐狸说，"但奶酪上的乌嘴印儿却是树上那个真正的盗贼留下的。我把这块奶酪作为 A 证据提交给你，愿你和那位盗贼今天过得愉快！"说完，狐狸点燃一支雪茄，慢条斯理地走了。

四

根据伟大而古老的传说，树上叼着奶酪的乌鸦开始唱歌，奶酪掉在狐狸的面前。"你唱得真像一把铁铲！"狐狸露齿一笑说。但是乌鸦装作没有听见狐狸的评论，他大叫着："快点儿，把我的奶酪还给我！农夫提着步枪走过来啦！"

"我为什么要把这块奶酪给你呢？"老谋深算的狐狸问道。

"因为农夫有枪，而我飞得比你跑得快。"

于是吓得要命的狐狸把奶酪扔还给乌鸦，后者吃掉了奶酪，然后说："天啊，是我的眼神儿捉弄了我——还是我捉弄了你？你认为是哪一种情况呢？"不过乌鸦没有听到应答，因为狐狸已经潜入了树林。

寓意：风水轮流转。

熊和猴子

在一片幽深的森林中生活着许多只熊。他们整个冬天都在睡觉,整个夏天都在玩熊跳游戏、偷吃蜂蜜,还去临近的村子偷吃小圆面包。有一天,一只名叫格利伯的能言善辩的猴子出现在他们面前,指出他们现在的生活方式对熊来说是有害的。"你们都是娱乐消遣的俘虏,"猴子说,"都沉迷于熊跳游戏,是蜂蜜和小面包的奴隶。"

格利伯的话引起了熊们的主意,当他继续说下去的时候,他们开始感到害怕起来。"这全都是你们的祖先流传下来的坏习惯。"他说道。格利伯极其能说会道,比熊们以前见过的最能言善辩的猴子还能说,这让熊们认为他懂的道理比他们懂得多,甚至比所有人懂得都多。然而,当格利伯离开,去其他种群指明他们存在的问题时,这些熊又回到他们娱乐消遣、偷吃蜂蜜和小圆面包的生活轨道上去了。

熊们颓废的生活方式让他们心明眼亮、牙尖爪利，他们非常愉快，过着熊们该过的生活。直到有一天，格利伯的两个后继者出现了，他俩一个叫"猴子说"，另一个叫"猴子做"。他们甚至比格利伯还要能言善辩，他们给熊们带来了许多礼物，说话的过程中一直面带微笑。"我们已经使你们从自由散漫的生活中解放出来，"他俩说，"这一回是新的解放，是以往解放的两倍那么好，因为我们是两个猴子。"

于是，每只熊被戴上了一个项圈，所有项圈都用锁链连到一起。"猴子做"在领头的熊的鼻子上安放了一个圆环，圆环上也系了一条锁链。"现在，你们可以自由自在地做我让你们做的所有事情啦！""猴子做"说道。

"现在，你们可以自由自在地说我想让你们说的所有话啦！"，"猴子说"说，"通过让你们免于选举首领的负担，我们让你们省去了选择的恐惧。这里不再有选票，一切事情都是公开的，都是光明正大的。"

相当长的一段时间里，熊们顺从了这种新的解放，口中吟诵着那两只猴子教他们的口号："当你可以用我们的双脚站立时，为什么还要用自己的脚？"

后来有一天，这些熊挣脱赋予他们新自由的锁链，找到路，回到了森林深处。他们又开始玩起熊跳游戏，又开始过着偷附近村庄的蜂蜜和小圆面包生活。他们那欢乐的气氛和笑声传遍了整个森林，原先停止唱歌的鸟儿也重新歌唱起来，地球上的所有声音就像美妙的音乐一样。

　　寓意：让自由的圆环挂在耳朵上，也比让人牵着鼻子走要好。

父亲和女儿

一个小女孩在七岁生日时，得到了太多的图画书，因此，她那位必须要管理公司而让妻子打理家务的爸爸认为女儿应该把一两本新得到的图画书送给那个名叫罗伯特的邻居小男孩；于是，那个小男孩故意而非偶然地前来串门儿了。

那时候，从一个小女孩手中拿走几本书或者别的什么东西，就像从一个军人手中拿走武器，或者像从一个婴儿手中拿走糖一样困难，但是小女孩的爸爸自有他的办法，于是小男孩罗伯特得到了两本书。"毕竟，你还剩下九本书嘛！"这位爸爸认为自己是哲学家兼儿童心理学家，在这个话题上始终愚蠢地不肯闭嘴。

几周之后，这位父亲前往自己的图书室，想要从《牛津英语词典》里查"父亲"这个词，以便用千百年来人们对父亲品质的赞颂来大饱眼福。然而，他没有找到F—G卷。紧接着，他发现另外三卷——A—B卷、L—M卷和V—Z卷也不见了。他在家里调查侦探了一番，很快得知了丢失的四卷词典的命运。

"今天早上，有个人来到家门口，"他的小女儿说，"他既不知道怎样才能从这里前往托灵顿，又不知道怎样从托灵顿前往温斯特德。他是个好人，比罗伯特还要好，因此我给了他四卷词典。毕竟，《牛津英语词典》共有十三卷，这样你还剩下九卷呢！"

寓意：从米南德[①]直到当代的人都知道这句俗语：依葫芦画瓢。

[①] 米南德（前342—前292），希腊戏剧家，他的浪漫主义作品对喜剧之发展有影响。

救生艇上的猫

　　一只名叫威廉的猫在一家日报社谋得了一份抄录的工作，并且很吃惊地获悉，报社里的所有其他猫不是名叫汤姆、迪克，就是名叫哈里。很快他还发现，他是全城唯一叫威廉的猫。他这个独一无二的名字让他头脑飘飘然起来，开始误以为名字的独特就是优秀的标记。他对此那么深信不疑，以至于每每看到或听到威廉这个名字，他都以为这是指他。他的这个幻觉变得愈发严重，导致他坚信自己就是最后遗愿和遗嘱中的那个遗愿，就是 willy nilly 中的那个 willy，就是那只把猫放进猫薄荷中的猫。最后他甚至深信，正是因为有了他，才有了凯迪拉克牌轿车。

　　威廉变得如此沉迷于做白日梦，致使他不再能听到报社编辑的大叫"快点抄录呀！"他很快从事事干不好变成事事都不做。"你被解雇了。"一天早上当他又做起白日梦时，编辑对他说。

"上帝将给我找份工作。"威廉得意洋洋地说。

"上帝早就盯上了麻雀。"编辑说。

"我也盯上了麻雀。"威廉得意地说。

威廉住到了一个养猫成癖的女人家里,她除威廉外还养了其他十九只猫。可是他们全都受不了威廉的自高自大,还有他吹的那些牛皮,什么神秘探险啦,荣誉勋章啦,蓝色绶带啦,银杯啦,金奖啦等等。于是他们全都离开了这个女人的豪宅,幸福快乐地生活在贫民窟里。后来这个猫癖女修改了遗嘱,指定威廉为其惟一的财产继承人,这在威廉看来似乎天经地义,因为他相信所有遗嘱都是为他而立的。"我的身高有八英尺。"一天威廉对她说。她听了微微一笑,说:"我要说,你确实是这样的。我要带着你环游世界,把你显摆给所有人看。"

于是在三月的一个阴雨之日,威廉和他的女主人踏上了邮轮"弗罗娜号",开始环球之旅。船在大洋上遇到了暴风雨。午夜时分海浪滔天,轮船上下颠簸左右摇摆,境况十分险恶,紧急求教信号不断发出,求救火箭一支支发射上天,船员们开始跑上跑下,穿过走廊大喊"弃船!弃船!"接着另一声大喊响起,在这妄自尊大的猫听来是那么天经地义。它反复传到他自负的耳朵里,分明是:"让威廉和孩子们先走!"既然威廉自以为只有在他安然无恙登艇后,救生艇才能放到海里,他便从容不迫穿好衣服,优哉游哉打好白领带,理好猫尾服,然后漫步到甲板上,轻盈一跳,上了一条正在放下去的救生艇上,然后发现自己旁边坐着一个名叫乔尼·格林的小男孩，还有另一个名叫汤米·特劳特的小男孩，及他们的妈妈，及其他孩子和他们的妈妈。

"把这猫扔到海里去！"负责这条船的海员大叫，于是乔尼·格林把他扔进海里，可是汤米·特劳特又把他捞了上来。

"我来搞定这头小公猫。"海员说着把他抓进自己的大手里，使劲一扔，就像美式橄榄球赛的一记不完全长距离向前传球，就把他扔到离晃晃荡荡的救生艇大约四十码的海中去了。

当威廉在冰冷的海水中清醒过来后，他已经是第二十四次沉下去又浮上来了，他的九条命已经丧失了八条，只剩下一条了。他用剩下的生命和力气游呀游，终于游到了一个阴险海岛的阴沉海岸上，这里住满了乖戾的老虎、狮子和其他大型猫科动物。当浑身湿透的威廉躺在海滩上艰难喘气的时候，一只美洲虎和一只山猫朝他走过来，问他"你是谁？从哪儿来？"不幸啊，在救生艇和海上的可怕经历给威廉造成了外伤性遗忘，让他记不起来自己是谁，从哪儿来了。

"那就管他叫'谁都不是'好了。"美洲虎说。

"来自'哪儿也不是'的'谁都不是'。"山猫说。

从此威廉就生活在岛上的大型猫科动物群中间，直到他在酒吧间的一次争吵中失去他的第九条命为止。当时和他争吵的是一头年轻的黑豹，黑豹问他叫什么名字，来自何方，并得到了对方一个他认为很不礼貌的回答。

野兽们把威廉埋葬在一个很不起眼的坟头下，因为正如美洲虎所言："你立块墓碑，上头写：这里安葬着'来自哪儿也不是'的'谁都不是'，其意义何在呢？"

寓意：唉，在这趟从襁褓到裹尸布的小小旅行中，人类有啥可妄自尊大的呢？

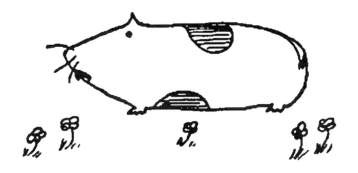

夸夸其谈者与爱管闲事者

一只雌野兔，生来就爱干涉别人的事，这在邻里左右是出了名的，大家都管她叫"那个爱管闲事的比利时人"。她总爱探听闲扯家长里短那些事。"你长俩大耳朵还嫌不够吗？"她丈夫某天冲她吼道，"看在上帝分上，别管别人的闲事儿好不好？"没人搭理他，原来她早已跳到下一家管事儿去了，规劝加指责，批评一只雌豚鼠生了一百七十三只小崽儿后就丢下它们不管了，还说她早已变成了一个夸夸其谈者，成天就知道看小说《真正的猪尾巴》，并为书中人物垂泪悲鸣。

"你的公民意识跑哪儿去啦？"这位野兔太太指责道，"你的国家意识呢，你的州意识、联邦意识、全球意识呢？都跑哪儿去啦？看着我！我是几乎一切的总统，确切说是女总统；此外还是潜听哨的创始人。何谓潜听哨？就是由八百只雌兔耳贴地面谛听敌人动静的一个组织。"

那只雄豚鼠一直躺在一片莴笋叶子上优哉游哉，见状就想躲避他这位爱管闲事的邻居，可是不等他跳下"床"来，她已经屁股扭搭扭搭着，进到屋里来了。

"瞧你这个五大三粗的男子汉，"她嘲笑道，"不去实验室做实验，却躺在家里睡懒觉。你本该给人打注射针的，看看新的免疫血清是否有致命危险。"听了这话，雄豚鼠的牙齿咯咯作响，而雄豚鼠牙齿咯咯作响可不意味着他害怕，而是表明他气疯了。但是这位"爱管闲事的比利时人"才不管别人的感受呢，她只顾自己说个痛快。"你和你老婆应当多做奉献多干事！"她慷慨激昂，"扛起塌陷的车轮，鼻推旋转磨石，拿出你们的看家本领，众人拾柴火焰高，不捞白不捞……"说着说着她就说漏了嘴。

没过多久，豚鼠太太心里就产生了很严重的犯罪感，其外在表现为很严重的强迫症。她放弃了小说《真正的猪尾巴》的阅读，从丈夫身下把那张好吃的"床"抽走，把平卧着的家竖起来，还加入了二十四个积极进取的公益组织。她成了进取楷模，励志标杆，让大家都效法她，也不管人家愿不愿意。她当选为"生一窝小崽儿委员会"的主席，成为"支持你配偶搞运动协会"的秘书长，当上了"别让你爸游手好闲混日子同盟"的司库，还是口号的发明者——"只要他用心，铁杵磨成金，只要他投入，一夜能暴富"；并且最终当上了"雄心勃勃啮齿动物之女全国委员会"的主席。

现已名闻遐迩的豚鼠夫人还忙里偷闲，又生了三十七只小豚鼠。不过，它们是她丈夫不想要的三十七只小崽子。它们把他烦得简直要发疯。就在这时，他遇到了与他同病相怜的比利时雄野兔，后者也是被他老婆的一大堆公私事业逼得离家出走的。这两只雄性动物因同病相怜而一拍即合，过起了没有老婆的家家，相安无事地和平共处，过得那么滋润，以至于俩人决定就这样过下去。整整九十六个不同组织的代表——其中野兔太太所属的有七十二个，豚鼠太太所属的有二十四个——都劝他俩改邪归正，可是徒然。一天夜里，趁着各自的老婆发表主旨演讲的时候，他俩私奔了，没有恋恋不舍的告别，也不在枕头上留张道别字条，更没留下未来的地址，就这样一去不返。他俩决定去塔西提岛忘掉往事。实际上，还远没到达塔西提岛的时候，他俩就已经开始乐不思蜀了。

寓意：你改变不了你邻居的老婆，也不会搞糟你邻居的生活。

人类与恐龙

千百万年前，在一片时间的荒地与空间的旷野之中，居上的人类与居下的恐龙第一次面对面相遇了。他们像两个石阵一般对峙了很久，机警而虎视眈眈地互相注视着。某种直觉，或不祥的预感让恐龙意识到，站在它们面前的是地球未来的霸主；从这年轻行星的静寂空气中，恐龙似已闻到自己必然完蛋的一丝气味。

"傻帽们，你们好啊，"人说，"你们瞧见没有，在我身上，蕴藏着未来世界架构的宏图大略、宏伟建筑。我们人类是上帝选中的物种，是天之骄子，是劫后余生者，是适者生存者，是刀枪不入者，是尔等所视之万物之君主，是他者所视之一切之帝王。而尔等——说来也怪，虽然个个庞然大物，却是一群不连贯、不合理的乌合之众，短命之徒。尔等只是上帝造物时最初的试造品之一，是上帝造来玩玩的试验品而已，是给博物学（自然史）做的一个小脚注，是博物馆中让未来人大呼小叫的一件奇妙设计，是耶和华所作之苍白无趣的少儿读物中的一个范本。"

恐龙听了长叹一声，其响如雷。

"延续你们这个物种，"人继续说，"将是愚蠢和徒劳的。"

"那个缺失的环节其实并没有丧失，"恐龙悲哀地说，"它只不过隐藏起来而已。"

人才不管注定灭亡的恐龙说什么呢。"即使地球上没有人类，也有必要创造出人类来，"人说，"因为上帝的行事风格虽然神秘，但是低效，他也需要帮助。总之人类将绵延不绝，而你们将和猛犸象与乳齿象一样灭绝，这是因为畸形庞大是灭绝之母。"

"有比灭绝更糟糕的事情，"恐龙酸溜溜地说，"其中之一就是你们人类的存在。"

人大摇大摆地走了几步，秀了秀他的肌肉。"你们恐龙连谋杀都不会，"他说，"因为谋杀需要动脑子。你们就知道干恐龙式的屠杀。你们和你们的同类不会设计日益有效的方法去消灭你们自己的同种，并且同时发明愈加神奇的手段来保持它生存。你们将永远弄不明白两党制是什么，多党制为何物，一党制又是嘛玩意儿。早在我把世界整得尽可能好之前，你们就不复存在了。甭管其他世界如何之美妙，反正你们是瞧不见啦。

就算处在你们最高阶段的进化，你们也不可能发展出足够多的脑细胞来证明清白的人有罪，有罪的人清白，即便在他们开释后亦如此。你们的胯处（也就是我们的裤裆处，私处）全长错了，你们的头盖骨和大脑皮层也都整个儿不对。好啦，我已经花在你们身上太多时间啦。现在我必须使用上帝赐予我的这些手指——他现在很可能后悔当初怎么没把这些手指保留给自己用——来著书立说啦，我要写我们人类的事情，我的著作将涉及无数方面，其中许多涉及战争、死亡、征服、崛起、衰落、消亡、喋血、流汗、泪水、威胁、恐吓、警告、夸耀、无望、地狱、暴政、娼妓等等。关于你们恐龙一类，将占据很小的篇幅，因为，毕竟，尔等蚍蜉之辈又算个啥哩？日安，并且拜拜了您哪，"人最后说道，"我来保证你们这个物种得到体面的安葬，搞个简单的仪式。"

结果，恐龙及其亲属的结局不幸被人类言中，不久之后就灭绝了，死时仍处于生物进化链的低端，但却莫名其妙地死得满足，在它们短命的脸上露着笑容。

寓意：人类最高级的研究目标就是人类本身。

母鸡的聚会

　　所有母鸡都来到了巴芙·奥尔平顿①夫人家中的茶话晚会，其中的米妮·米诺卡②依旧姗姗来迟，最后一个到达。为什么呢？因为她像往常一样，又和她的精神分析医师、内科医师兼鸡嘴、鸡冠和鸡胃病专家某某某在一起待了一天。"我来这个谷仓空地的时间不长，"她对其他母鸡说，"你们觉得我现在得了什么病？"她在屋里转了一圈，给所有——除了女主人——母鸡亲切的一啄；女主人倒是啄了她一口，但是冷冰冰的。

———————————

① 巴芙·奥尔平顿（Orpington），英国的奥尔平顿种大肉鸡。
② 米妮·米诺卡（Minorca），米诺卡鸡，一种西班牙蛋用鸡。

"我得了蓝冠病①。"米妮接着说。

全场母鸡听了不寒而栗——米妮·米诺卡总是这样，每次来都不停地抱怨自己得了这病那病，老的新的，真实的臆想的，让鸡们听得心惊肉跳。"来亨鸡大夫今天发现我得了龋齿，并且告诉我了，"米妮得意洋洋地说，"当然啦，我还是慢性鼻炎、纽卡斯尔鸡瘟和家禽呼吸气管病的老患者啦。"

"米妮有那么多病痛，"巴芙·奥尔平顿夫人冷冷地说，"分享给咱们每鸡一个，不是很好吗？"

"我爱你们，姑娘们，"米妮说，"我也爱和你们分享我的病痛。你们都是那么善解鸡意的听众。今天我还一直跟我的精神病医师倾诉我的新病呢，包括羽毛开始发丁等等，然后他突然就说出了一些这几年一直对我隐瞒的实情。他说我患有急性攻击症，发炎红肿性自我膨胀病，以及胆汁过多。"

"总算来了一位知道自己在说什么的精神病医生。"布哈马（印度大种鸡）小姐说。她竭力想和女主人谈天气，其他母鸡也总想互相之间聊聊别的事情，可是米妮·米诺卡就是不让她们插嘴，对自己那些病唠叨个没完。听着她磨磨唧唧地描述她在康涅狄格州得过的一种鸡爪鳞屑病，一只母鸡悄声说："我刚刚在她的茶杯里放了几粒安眠药。"

"各位一定要再喝点茶。"巴芙·奥尔平顿夫人一边招呼大家，一边给米妮的茶杯再满上。客人们也都重复她的话："各

---

① 也叫"禽鸟单核细胞增多症"。

位一定要再喝点茶。"米妮·米诺卡很得意自己是众鸡关注的中心,还以为这是众星捧月呢,就把下了药的茶水一饮而尽。在她睡过去之后,一只母鸡建议大家拧她的脖子,趁着它还湿淋淋的。"咱们就这么说:她在尝试去瞅自己尾巴出了什么问题时,不慎扭断了脖子。"这个阴谋者出主意说。

巴芙·奥尔平顿夫人叹了口气说:"等到下次谁举办茶会时,咱们再抓阄决定谁来拧断她的脖子吧。现在咱们要做的是,出去洗个痛快的沙土澡,让这个老不死的神经病做她的噩梦去吧。"于是女主人和她的宾客出门上路扬长而去,留下米妮·米诺卡梦出一种全新的鸡病,叫做"米妮鸡瘟",也叫"米诺卡夫人综合征"。

寓意:社交聚会里痛苦者的爱意往往是自作多情的。

玫瑰、山泉与鸽子

一个绿茵茵的山谷，寂寥如星空，宁静似月宫，除了周六出游的孩子欢笑和夏空的晴雷轰鸣之外，万籁俱寂。伴随岁月时光，一朵玫瑰不停地生长，一条山泉不息地奔流。

"这是我们的悲哀：今天在这儿，明天在这儿，永远在这儿。"玫瑰哀叹道。

"真希望我没有根基，没有束缚，像鸽子那样。"

"我可是对森林充满好奇，"山泉说，"很想去那里探险，寻找值得珍视或悔恨的记忆。"说完他用粼粼波光向鸽子发了一通密码，鸽子见后从空中俯冲而下，姿态优美地着陆。

"森林里都有什么呢？"山泉问。"你有翅膀，你一定清楚，世上没有你不能去的地方。"

"我喜欢在绿谷上空翱翔，"鸽子说，"我只了解并且只想了解的，惟有绿谷。"

"幽幽森林中，群星落清池。"玫瑰说，"劈啪击水声，不绝入耳室。我若有翼翅，捞出沥干之。卖予帝王府，熠熠如夜时。"她冲着鸽子诗兴大发。

"我只待在我喜欢待的地方，"鸽子回答山泉，"即在山谷上空翱翔。我看到的星星都不掉落，我也不想把它们卖掉。"

"我无论在哪儿，周围总是一成不变。"玫瑰抱怨说。

"我所看到的却总在改变。"鸽子说。

"我是厌烦了总在这一个地儿玩耍，"山泉呜咽道，"日复一日，日日如昨。愿主救我，赐我新活！"

"我觉得，林子里除了长角猫头鹰在橡树洞里栖息，紫罗兰长在青苔遍布的石头边之外，"鸽子宣称，"其他什么都没有呀。"

"在苔藓滑石边发威正是我想干的！"山泉嚷道，"我渴望与激流直下、银河飞溅的瀑布搏斗，并让那些一心不愿湿身的人见鬼去！"

"我连值得记忆和值得忘却的事儿都没有一件，"玫瑰仰天长叹，"我的甜美可爱在青山野谷中空置，算是白瞎了。"

"可我就喜欢这儿"却是鸽子一心一意想说的话。玫瑰和山泉虽不认同他，无奈也只能每天重复过同样的日子。等到夏天快结束时，他们好不容易说服了鸽子："你应该热爱森林，赞美长了角的猫头鹰；你应该在打捞、抢救星星和在与瀑布的白刃格斗中度过你的一生。"

于是，鸽子飞离了山谷，钻入了森林，一去不返。关于他的结局，有许多不同版本的传闻。其中，东西南北四风的说法是：由于遭遇了苔藓的滑石、暗藏的紫罗兰、凶猛的瀑布和恶毒的猫头鹰，鸽子失去了生命。而画眉的说法是：鸽子是在摆弄燃烧的落星时，不慎被烧死的。无论如何，有一点是确定的：这只鸽子的死法与其他鸽子的死法都不一样。

寓意：模仿他人活法的人，必会重蹈其死法。

光棍儿企鹅与贞洁人妻

　　春天到了，一只光棍儿企鹅像每年春天那样，又春心萌动、想入非非，琢磨起拈花惹草的事儿来。这位采花大盗有个习惯，喜好趁着雄企鹅下海捕鱼时，勾引他们的配偶，对那些有姿色的雌企鹅下手。他早就发现本群落里的所有雌企鹅都遵循一个老规矩：重新布置起居室里的家具，把头天搬离原位的家具搬回去，让所有挪了窝的东西物归原位。如此这般，她们当然很乐意见到一位强壮的雄性来帮她们搬动那些大件的家具。反观之下，她们自己的配偶却早就对干家务活越来越没兴趣，并且越来越迷上出海打鱼。单身企鹅正是抓住了这样的机会大显身手，熟练地安装、拆卸、搬运、换锁、配钥匙……还帮女同胞们摆脱她们一手造成的困境。这样一来二往，几番入室之后，这位丰羽唐璜便诱使女士们和他在黑暗中玩躲猫猫捉迷藏"猜猜我是谁?"什么的，还玩过家家打屁股针什么的。

随着时光流逝，这位风流倜傥、油头粉面的公子哥儿有点厌倦了这种玩弄女性的生活。于是在一天早上，等其他雄企鹅都像往常那样出海打鱼之后，他瞄上了那只最美丽的雌企鹅，此时她正完全靠一己之力把昨天挪了位的一张起居室沙发搬回原地。他向她献殷勤，提出帮助犯愁的她搬家具，她目光羞涩、面露红晕地欣然接受。第二天一早，深谙勾引术的光棍儿企鹅又来了，给这位美女企鹅安装门窗什么的；第三天又来给她修理项链什么的；第四天又来给她修理咖啡壶什么的。每次他都提议跟她玩捉迷藏或猜猜我是谁，可是他的勾引对象总是顾左右而言他，不是让他修理这个，就是让他松松这个，紧紧那个，卸掉这个，装上那个。当了几个星期的催呗儿（类似仆人）之后，情郎开始怀疑她在耍他，而他的勾引目标也在证实他的担心很有道理。

"除非你永远帮我装这个、卸那个、松这个、紧那个，"她对这个沮丧的采花大盗说，"不然我就向我丈夫揭露你行为不当，图谋不轨。"唐璜企鹅清楚这个聪慧美女的丈夫是这一带身体最壮、拳头最硬的，也是脾气最暴躁、最没耐心的雄企鹅。于是他不敢再提什么捉迷藏、过家家、打屁股针之类的了，只好乖乖地用余生给他这位既贞洁又狡猾的心仪女神做催呗儿，搬沙发，拆卸，安装，松松这个、紧紧那个，鞍前马后给美女当使唤小子。他的蝴蝶结领结慢慢松开了，他的无尾礼服纽扣逐渐掉光了，他的裤缝儿一点点消失了，他的眼神儿也不再有梦幻的光彩。他像钟表那样喋喋不休，像卡在锁眼里的钥匙那样啰啰嗦嗦。每当他摇摇摆摆沿街走来的时候，所有企鹅太太都关上家门，只有一只除外，就是那只降伏了他的美女企鹅，尽管她会眼神儿羞赧，脸现红晕，像鹦鹉那样貌似勾引，但其实她像天上的星星那样不可触碰且高不可攀。有一天她的老公提前从海边回到家里，正巧见到光棍儿企鹅离开，就问妻子："那羽毛松垂、老眼昏花的家伙来干吗了？"

"哦，他来给咱家大扫除了，擦玻璃扫壁炉拖地板打蜡什么的，"妻子回答，"我相信他是失恋了。"

寓意：一个男人的妻子有时可能是另一个男人的炼狱。

爱好和平的猫鼬

某日，一只猫鼬出生在眼镜蛇的国度，可他不想与眼镜蛇或任何其他动物搏斗。于是窃窃私语就在猫鼬之间传开了，说有一只猫鼬居然不想和眼镜蛇打仗。如果他不愿和其他动物打仗也就罢了，那是他自己的事；可他不想斗眼镜蛇就说不过去了，因为猎杀眼镜蛇是每只猫鼬的天职，否则就会被眼镜蛇杀死。

"为什么要和眼镜蛇斗呢?"这只爱好和平的猫鼬说。于是再次谣言四起，说这只陌生的小猫鼬不仅亲眼镜蛇、反猫鼬，而且充满知性上的好奇，不认同猫鼬主义的理念与传统。

"他疯掉了。"小猫鼬的爸爸嚷道。

"他病得不轻。"他妈妈说。

"他是胆小鬼。"他的哥哥们大叫。

"他是个猫鼬—眼镜蛇恋者。"他的姐姐们耳语。

那些以前不屑瞅这只猫鼬一眼的猫鼬们现在想起来啦，说他们曾见到过他模仿眼镜蛇爬行，还模仿眼镜蛇发怒的样子①，还阴谋暴力推翻猫鼬国。

"我只是在尝试运用自己的理性与智力。"这只刚出生不久的猫鼬说。

"所谓理性，基本就是背叛的代名词。"他的一位邻居说。

"搞情报②，那是敌人干的事情。"另一位邻居说。

最终，有传闻说，这只猫鼬的刺里有蛇毒，就像眼镜蛇那样。于是他受审，被爪子法庭宣判有罪，并被驱逐出猫鼬国。

寓意：人常被自己人整死；堡垒常常从内部攻破。

---

① 眼镜蛇发怒时头颈胀大如帽状。

② 原文 intelligence（智力），也有"情报""谍报"的意思。

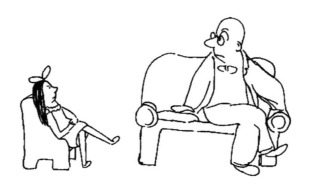

教父与教子

一位精于世故的收藏家，走遍全球收集一切他能射杀、购买或顺走的宝物。一天，在经过长达一年的各国搜宝之后，他去看望他的一名教子，一个五岁的小姑娘。

"我要送给你三样东西，"他说，"你最心仪的任何三样东西。我有来自非洲的钻石和一支犀牛角，有来自埃及的圣甲虫形宝石，有危地马拉的翡翠、象牙和黄金制作的象棋棋子、北美驼鹿的鹿角、信号筒、仪式锣、寺庙钟，还有三个稀世珍宝的玩偶。现在告诉我，"他拍拍小姑娘的头说，"你最想要世界上的什么东西？"

他的小教女不是个犹犹豫豫之人，毫不犹豫地回答："我想要打碎你的眼镜，并且往你的鞋上啐唾沫。"

寓意：虽然没有具体统计过，但女人的贪婪比男人更甚。

大灰熊与那些小装置

　　一只大灰熊在家里举办圣诞晚会，酗酒狂欢了好几个星期，其间他的妹夫不慎让圣诞树着了火；他的孩子们开着私家车冲进了前门，又从后门冲了出去；此外所有迷人的母熊也都在日落前进入休眠。这时候他回到家里，准备好宽恕，赦免，自己活得好，也让别人活。但让他有些烦恼的是，他发现门铃已经被一个美观的门环所取代。当他勾起门环时，被它奏出的两小节《平安夜》吓了一跳。

　　没有熊回应他的敲门，于是他扭动门把手，立刻金属般的声音"新年好"传出来，还从房里不知什么地方传来一声两个调儿的钟响——"你好"。

　　他唤他老婆，没有回答（她总是第一个淘汰旧东西并第一个尝试新玩意儿），这是因为他家的墙壁被一个隔音装置隔了音，这东西把墙壁隔音隔得如此之好，使得任何人都听不到六英尺开外的任何一个别人说的任何一件事情。走进起居室后，灰熊拧开电灯的旋钮，立刻灯光洒满房间，可是拧旋钮这个动作也释放出一股松果的气味，这可是这头熊最讨厌的气味。它让这个一家之主像在圣诞节那样气不打一处来，因为他被这股怪味儿熏得倒在沙发椅上直抽抽，还一个劲儿蹦跶——这是另一个新装置搞的鬼，叫"坐得美"，它让你坐下后连抽搐带蹦弹。现在灰熊可是气疯了，他从沙发上蹦下来，开始到处找香烟。他找到了一个香烟盒，是个以前从没见过的新式烟盒，由金属和塑料制成城堡的模样，还城门、吊桥、炮楼一样不缺。惟一的麻烦是，灰熊打不开它。最后他发现在城门上有一行凸起的小字："如果你找到城堡的钥匙，就能从我身上取走香烟。"可是灰熊找不到钥匙，气得他把这恶作剧的烟盒从打开的窗子扔到前院儿里去，可窗子打开时刚好吹进来一股冷风，吹到他后脖颈上，又引得他怒嚎一声。当他发现衣袋里还有一支雪茄时，怒气平息了一点。可是没有火柴，于是在起居室里又找开了火柴。好不容易发现在架子上有个火柴盒，里面火柴倒是有，可是没有摩擦引火的砂纸，不知把火柴在盒上什么地方摩擦引火。不过，在火柴盒的背面，有几行细小的字解释了这一缺陷："安全的火柴，双重保险没的说，不装危险的砂纸，引火找窗或裤子。"

　　这会儿的灰熊，怎么说都不为过：勃然大怒，大发雷霆，气背过去，气得嘴歪翻白眼儿……他开始破坏了，恨不得把起

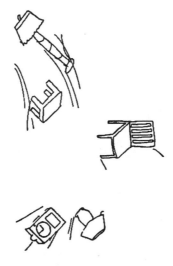

居室撕碎。他一拳把火柴盒砸烂，把几盏灯打翻，把墙上的画儿全都胡噜到地上，把地毯扔到玻璃破碎的窗外去，把花瓶和钟打落壁炉架，把椅子和桌子踹得底儿朝天；同时咆哮，嚎叫，怒吼，嘶鸣，大骂，诅咒……直到把他老婆从香甜的美梦中吵醒（在梦中她正和一头熊猫欢度新婚之夜），左邻右舍从四面八方赶来，已入冬眠的母熊们也纷纷跑来看出了什么大事。

大灰熊不听老婆的哀求，对邻居的劝阻置若罔闻，对警方的严厉警告丝毫不怕，仍旧踢翻着屋里还立着的东西，最后咆哮着，毅然决然地扬长而去，顺带把母熊中最迷熊的那一位，名叫"蜂蜜"的，挟持走了。

寓意：现如今，大多数人过着热热闹闹的绝望生活。

下金蛋的鹅

并非此鹅真的下了个金蛋。而是说，她下了个普通的鹅蛋，和任何别的鹅蛋没什么不同，但是遭到了某人的戏弄，趁她离开窝去找小虫或蜗牛什么的吃的时候，把这个蛋给镀了金。等她回到窝里，见到一颗金光闪闪的蛋时，她大吃一惊，呼道："哇呀！合着我下了一个神话传说中那样的金蛋！"

"你睁大眼瞧好了，"一只普利茅斯雌岩鸡说，"如果你问我的话，我认为它只是一个普通鹅蛋给涂上了黄色而已。"

"她没有问你啦，"一只雄岩鸡说，"她问的是我好吗，而我要说它是个十足的金蛋。"

鹅妈妈听了此言却没显得很高兴。"我本来是想要一心哺育好小鹅的。"她说。

"你将哺育一只小金鹅呀。"雄岩鸡说。

"我的妈呀，哪有什么小金鹅，"雌岩鸡说，"她不过下了一只小黄鹅而已，与其他小黄鹅无异，只是更弱小罢了。"

"我才不管它长什么样呢，"鹅妈妈说，"我只是不想要它是金的。不然人们会对我指指戳戳，交头接耳，他们会攫取我的羽毛当纪念品。闪光灯会一刻不停地对着我闪。"

"我会支付你一大笔款子收购那个金光闪闪的小奇迹。"雄岩鸡说，接着他说出一个很大的数目，大得足以在禽鸟界引起轰鸣。鹅妈妈欣然接受了这个报价。

"我才不要孵那个蛋呢，"雌岩鸡说，"万一从里头钻出来个浑身镶满钻石的白金小笨蛋那可怎么办？"

"那就我来孵好了。"雄岩鸡说。

于是，满怀希望的雄岩鸡把金鹅蛋滚到自己的窝里，卧在上面孵起来。三个星期过后，所有的雌岩鸡都离开了他的床和饭桌。

"等这个无价之宝孵出来之后，你们就会后悔的，"雄岩鸡说，"我很清楚它会孵出一只金鹅。我已经给它起好了名字——金的（发"迪"音）[1]。等她完全长成鹅大姑娘之后，我将把她卖给出价最高的竞买者，从而赚一大笔钱。"

"哦，没错儿，"普利茅斯雌岩鸡说，"那我全家人还是坐着'五月花号'轮船过来的呢。"说完她也走掉了。

---

[1] 原文 Goldie，"金奖唱片"之意。

现在只剩下这位实证主义者的老雄鸡趴在金蛋上孵呀孵呀孵，他所有的亲朋好友全都弃他而去，不再有雌鸡瞅他一眼，他的羽毛也开始掉光。一天，（毕竟是只公的而不是母的），笨手笨脚的他踩破了这只蛋，他的美梦也随之灰飞烟灭。

寓意：有时，半信半疑比深信不疑更明智。

审讯看门老犬

一只经验丰富的牧羊老犬，当了多年的乡下看门狗，忠诚而可靠，却在一个明媚的夏日遭到逮捕，被控犯下一级谋杀罪，害死一只羔羊。其实，此羊是被一条声名狼藉的红狐咬死的，然后将其仍然温热的尸体扔进牧羊犬的窝里，以此栽赃诬陷牧羊犬。

审讯在一家私设的非法法庭①举行，由法官小袋鼠主持。陪审团成员皆为狐狸，所有列席者也全是狐狸。一头名叫列那的狐狸充当检察官。"早上好，法官。"他说。

"上帝保佑你，孩子，祝你好运。"小袋鼠法官愉快地回答。

---

① 私设法庭为 kangaroo court，其中 kangaroo 为"袋鼠"之意。

一头名叫"美丽"的卷毛狮子狗是牧羊犬的老朋友和邻居，他代表被告。"早上好，法官。"他也向法官致意。

法官却警告他说："我可不想要你聪明过头。聪明只可局限在针对弱势一方，那样才公平合理。"

一头瞎眼的美洲旱獭第一个出来作证，说她亲眼见到牧羊犬杀死了羊羔。

"这个目击证人是瞎子！"狮子狗抗议道。

"请不要进行人身攻击，"法官严厉地说，"目击证人也许是在梦中或幻象中见到凶手的，但这并不影响她的证词的揭示权威性。"

"我希望传唤一名品德信誉见证人到庭作证。"狮子狗说。

"我们这儿可没有品德信誉见证人，"狐狸列那镇定地说，"优秀而迷人的刺客我们倒是有几位。"

其中之一，一条叫"洞穴"的狐狸，被唤上法庭。"实际上我并没见到这个杀手杀害羊羔，""洞穴"说，"不过我差点就见到了。"

"这就差不多足够了。"小袋鼠法官说。

"反对。"狮子狗吼道。

"反对无效。"法官说，"天不早了，陪审团是否已达成了一致意见？"

狐狸陪审团的头儿站了起来。"我们认为被告有罪，"他说，"不过我们也认为最好宣告他无罪开释。如果我们这就把被告吊死，对他的惩罚也将就此结束，这岂不太便宜了他？而如果我们放了他，那么像他这样犯了谋杀重罪，还抛尸灭迹，并买通狮子狗等辩护律师为他掩盖罪行的主儿，就不会再得到任何人的信任，他的一举一动都将受到怀疑，他将每天都抬不起头来，活着生不如死。这才是对他最好的惩处。而现在绞死他就太便宜了他，而且也来得太快了点。"

"通过免他的罪让他负罪，"列那狐大叫，"这可真绝妙，是个把他最终废掉的好办法！"

于是乎，结案，休庭，散伙儿，皆大欢喜，所有人各回各家、各找各妈，饭后茶余有了谈资。

寓意：正义不会因为被遮住双眼而变成瞎子。

哲学家与牡蛎

一个阳光明媚的早晨，在大海边，一位哲学家正在散步，他在尝试对自己的渺小与无意义进行哲理性的解释。就在这时，他碰到了一只张开壳躺在沙滩上晒太阳的牡蛎。

"它才不会怀疑一切、无事自扰呢，"哲学家沉思默想，"它没有手指去死抠细节、入木三分。它从不会说出这样的傻话：'我的脚正在杀死我。'它是眼不见为净，耳不听为静，没电视可看，没傻话可说，没纽扣可解开，没拉链可勾引，没毛发可脱落，没牙齿可掉下。"哲学家对牡蛎羡慕得长叹一声。"它还生产璀璨华丽的珍珠，要么价值连城，要么无价之宝，"哲学家说，"说来真是滑稽，这竟然是它体内病态的结果，解剖学意义上的无规则、不定性的变态。"说着哲学家又长叹一声，诗兴大发："我可曾 | 发烧的眉宇上戴着一圈珍珠 | 从谵妄中醒来？我可曾 | 家宅成圣所 | 一如藏金的拱顶 | 壮丽而稳固？"

就在这时，一只海鸥尖叫着，突然从空中俯冲下来，爪子攫住这只牡蛎，扶摇直上重返高空，然后让它掉落在一块湿漉漉的巨岩上，撞脱它的壳，撞烂它的肉。里面哪有什么璀璨无价的珍珠？只因为，这只已故的牡蛎生前非常健康，而且，不曾有一只牡蛎从其珍珠中得到过好处。

寓意：自己活得好，也要让别人活。

给你一人泡茶吧

一位年轻的丈夫在清晨五点被他的新娘叫醒了。"咱家着火啦?"他咕哝着问。她笑吟吟地回答:"天亮啦,我这就去烤糖饼。"

"我才不要吃糖饼呢,我要吃吐司面包和咖啡。"新郎说。

"给你吃烤糖饼是要让所有的男孩儿看的。"她解释道。

"什么所有的男孩儿,我听不明白?"她丈夫懵懵懂懂地问。

"你傻呀,就是你办公室里的那些小伙子啦,"她说,"让他们看到你的糖饼,然后把它拿回家,也许它就是咱俩的晚饭啦。"

他起床穿衣。

"现在我去给咱俩泡茶,"她边说边唱,然后补充道,"咖啡和什么都不搭,你不能喝咖啡。"

他已经系好了鞋带，正在系领带。就在这时，她提高了嗓门，还欢喜得直拍手。"咱俩要生几个孩子，"她高兴地说，"你生你的小子，我来生我的丫头。"说完她一溜小跑下了楼梯，去给他烤糖饼，为的是让他拿到单位给那儿的小伙子们显摆。

看着媳妇儿进到厨房后，新郎瞥了一眼手表。五点过十一分钟。他刷刷牙，梳梳头发，然后从卧室的窗户爬出去，跳到地面上，跑出去，溶进黎明的曙光，找到一家通宵营业的餐馆，在那儿饱吃了一顿一个男人自己想吃的饭。

寓意：如果日子像流行歌曲那样进行的话，也就可以说，每个男人的婚姻显然都像吃错了药。

老鼠和金钱

　　一只城里的老鼠搬到乡下去住，住进了一座老房子，里面有好多乡下的老鼠。从一开始，他就向他们逞威风，对他们称王称霸。他修饰自己的胡须，抹发膏，穿真丝薄绸，说话拿腔拿调，还对乡下老鼠说：你们投错了娘胎。

　　"我的祖先可是来自法国贵族，"城里老鼠吹牛道，"我们的名字直到现在还出现在法国名酒的酒瓶上，叫 Mise du château，意思是'城堡中的老鼠'，也叫'城堡鼠'。"每天，这位新移民都拿他的祖先说事儿，自吹自擂；等他举完了祖先的例子，他就编造出一些来接着举。"我的曾、曾、曾、曾祖父是法兰西歌剧院里的一只剧院鼠，他娶了夏特尔大教堂里的一只教堂鼠为妻。在他们的婚礼上，专门有一道餐后甜点以他们的名义而做，叫做 mousse chocolat，'巧克力老鼠'①，端给无数宾客吃。"

接着，这只城市鼠又讲述了自己一家人是如何乘坐一艘法国豪华游轮邮轮来到美国的。那次是那艘邮轮的处女航。"我哥哥是'二十一酒店'的一只餐厅鼠，我姐姐是大都会歌剧院里的一只歌剧鼠。"他满嘴跑火车。接着他历数其他家庭成员曾在多部剧作中谋过事，比如《秃鼠》，《蝙蝠》，《三个火枪手》等。"俺们家族里没有一个成员是窝囊废。"他自豪地说。

某天，为了向那些劣等老鼠显摆他无所不能，他穿过了这座乡舍的禁墙，发现在灰泥与板条之间的夹缝里藏着一笔货币宝藏，是房主人多年前藏在里面的。"我是不会吃那东西的，"一只年长的乡村鼠警告说，"因为它是万恶之源，而且吃了会让你肚子痛到脸儿绿。"可是城市鼠根本不听。

"我已经是鼠王了，"他说，"吃了这笔钱还会成为百万富翁。我会富可敌国的。"于是他开始吃这笔钱，都是些大面额的纸币，边吃还边赶走一两只想帮他吃钱的年轻乡村鼠，嘴里念念有词："财富发现者可不是为其兄弟看守财富的。"城市鼠还对他的乡下同类说："富人都是有福的，因为他们能一路买通通向天国之路。"接着他嘴里蹦出一串儿其他妙语，什么"有钱能使鬼推磨"，"贫贱夫妻百事哀"，"有钱睡得香，没钱

---

① 其实是巧克力奶油冻，一种多泡沫的奶油甜点，和老鼠没关系。

噩梦闯"等等。

他就这样一个劲儿地吃下去，就像他说的那样，吃定了墙夹缝里的肥肉。"等我把它都吃光后，"他说，"我就回城过国王般的日子。他们都说你不能把它拿走，可我偏要把它全拿走。"

几天几夜之后，这只患了贵族祖先妄想症的城市鼠就把这笔钱吃得一干二净，数额足以和一名大使的年薪媲美。完了他就打算离开这座乡村老舍的墙壁了，可是他太脑满肠肥啦，过于成钱串子啦，以至于卡在灰泥板条结构的墙缝里出不来了，他的邻居也没办法把他弄出来，于是他就死在了墙壁里。从此，除了那些乡下鼠之外，谁也不知道他曾是世上最富有的老鼠。

寓意：财迷（钱奴）的境况大抵如此：嘴吃肉汁，脚进坟墓。

门口的狼

羊先生和羊太太正和他们的女儿坐在起居室里休闲。羊姑娘长得楚楚动人、秀色可餐。这时前门响起了敲门声。"敲门的是位绅士。"女儿说。

"是漂洗工。"她妈妈说。

警惕的羊爸爸起身朝窗外看。"是头狼,"他说,"我能瞅见他的尾巴。"

"别犯傻了,"羊妈妈说,"明明是漂洗工嘛,那是他的刷子。"说着她朝门走去,把它打开。狼冲进来,叼走了女儿。

"还是你对。"羊妈妈绵羊般羞怯地承认。

寓意:母亲并不总是正确。

查尔斯出了什么事?

　　一匹名叫查尔斯的农场马，某天被他的主人领到镇上去钉马掌。若不是因为一只鸭子，本来这会是平平常常的一天，他会被钉了马掌，然后被牵回农场完事大吉。但天有不测风云……这只鸭子名叫爱娃，她总爱在农舍的厨房门口溜达，偷听偷窥，有事没事制造点事端。她的同伴都说她有两个嘴巴、但只有一只耳朵。

　　就在查尔斯被牵到铁匠铺子的那天，爱娃正嘎嘎叫着漫游农场，兴奋地跟其他动物说，查尔斯被带到镇上挨枪子儿去啦。

　　"他们将要处决一匹无辜的马！"爱娃叫道，"可他是个英雄！他是个烈士！他为了我们获得自由而死！"

"他是世间最伟大的马。"一只多愁善感的母鸡呜咽道。

"在我看来，他只是像老查理而已，"一头务实的母牛说，"咱们还是别那么煽情为好。"

"他曾是那么奇妙！"一只容易轻信的鹅嚷道。

"他做出了什么功绩？"一头山羊问。

鸭子爱娃的杜撰性和她的误差律一样高，此时又展开了她想象的翅膀。"是一些屠夫领着他去挨枪子的！"她尖叫道，"若不是有了查尔斯，咱们会在熟睡时被他们割断喉咙的！"

"我可没见过什么屠夫，我只能在月黑之夜见到燃烧殆尽的萤火虫，"一只猴脸猫头鹰说，"我也没听过什么屠夫的叫声，我只听到一只老鼠走过苔藓的声音。"

"我们得给查尔斯大帝建一座纪念堂，因为他挽救了我们的生命。"爱娃嘎嘎叫着说。于是，谷仓前空场中的所有鸟兽——除了智慧的猫头鹰、多疑的山羊和务实的母牛之外——全都行动起来，开始建造一座纪念堂。

正在这时，农夫牵着查尔斯出现在乡间小路上，后者新上的马蹄铁在阳光下闪亮。

幸亏查尔斯不是单独一个，否则那些纪念堂建造者就会用棍棒和石块袭击他啦，因为他这个其貌不扬的老查理竟敢冒充他们心目中的英雄。也幸亏他们够不着那只猴面猫头鹰，他迅速躲到谷仓的风向标上去了，因为谁也不像事事正确的他那样招人嫉恨。最后，还是那只感情脆弱的母鸡和那只容易受骗的鹅提请大家注意真正的肇事者——爱娃，那只独耳却满嘴跑舌

头的鸭子。于是大家一拥而上，抓住她一顿臭揍，因为没有谁
比那些传播不实坏消息的主儿更不招人待见的了。

　　寓意：得出正确结论，否则别去理会。鲁莽得出的结论可
能就是你的偏见。

钟表盘上的寒鸦

一只年轻的寒鸦对他爸爸说，他要在市政厅大钟的分针上面建造他的鸟巢。"这可是你异想天开中最难以想象的事情。"老寒鸦约翰说。小寒鸦杰克没有被阻遏。"等分针走到水平状态时，我们就开工，"他说，"也就是在某点钟过一刻或者差一刻的时候。"

"那些住在空中楼阁里的主儿没处可去，只有往下掉。"老寒鸦警告儿子，可是儿子不听，并和老婆在翌日早上八点一刻时在大钟上造了他们的窝。八点二十时这个鸟巢从分针上滑落，掉到下面的街道上。"那是因为我们开工得还不够早，"当天晚上小寒鸦对他爸爸说，"宜早不宜迟。明早我们六点一刻就再开工。"

"首次没成，永远不成。"老寒鸦说。但是他对儿子的劝诫无异于对牛弹琴。杰克和他老婆偷了爸爸的几件银器，并在第二天早上又建起了他们的鸟巢，然后它又从分针上滑落，掉在下面的街道上。

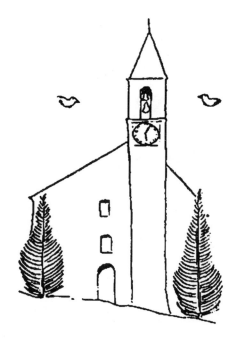

当天晚上，老寒鸦约翰有更多的话要对他鲁莽、不听劝的儿子说。"要想在钟表盘上立足，"他说，"你得需要三只脚，其中一只是野兔的脚。希望你不要因为钟表很依赖你的手，你就那么依赖钟表的指针。仅有钟表的明智还是很不够的 ①。这个道

---

① 原文 clockwise is not wise enough, 直译为 "顺时针方向还不够明智"，这里作者在玩文字游戏，以寓意深刻的道理。

理，就连龙卷风和旋转木马也都很明白。"

然而，小寒鸦再次对老寒鸦的规劝不予理睬，小两口再次从父母的巢里偷走几样银器来装饰他们自己的新巢。这一次，那些叫做市政官员的人类藏在钟楼里，挥舞着扫帚，大呼小叫，还扔石子，摇铃铛，直到把这些蠢鸦从大钟、从钟楼、从市镇吓跑为止。

当天夜里，老寒鸦约翰的老伴儿清点他们家的银器，然后唉声叹气道："唉，咱们的孩子离开时，顺走了两把勺子、一半数量的餐刀、大多数的叉子和全部套餐巾用的小银环儿。"

"那臭小子既非夜贼也非贷方，偷走东西反倒更心安理得，"老寒鸦大怒而噪，"我规劝过他不下一百次，合着跟放屁似的，全白说了。早知这样，我就跟一只铸铁造的草地寒鸦唠叨这些道理了，也比跟他说强百倍。"

时间一星期一星期地过去了，没有从那对年轻寒鸦那儿传来一星半点的消息，小两口从此销声匿迹。"没消息就是坏消息①，"老寒鸦约翰嘟囔着，"他们这次很可能把窝盖在一个马车轮子里了，再不就是搭在一个铃铛里头了。"

他说错了。这一次，这寒鸦小两口把他们最后的鸟巢搭在了一门大炮的炮口里，并且，当这门大炮鸣放二十一响向一位来访的国家元首致以崇高敬意时，他们只听到了其中的第一响。

---

① 原文是 No news is bad news，而英国谚语"没消息就是好消息"是 No news is good news。作者在这里故意说反话，以示诙谐幽默。

寓意：写或说出来的最悲伤的话语，皆为白白浪费在了年轻人身上的人生智慧。

称王之虎

一天早上，老虎在丛林里醒来，对他的配偶说，他是百兽之王。

"列奥，狮子，才是兽中之王。"母老虎说。

"我们需要变革，"老虎说，"世间万物都在呼唤来一次变革。"

母老虎支棱起耳朵聆听呼唤，但除了听到她的幼崽嗷嗷叫之外，什么都没听到。

"等月亮升起来时，我将成为兽中之王，"老虎说，"到时月亮将变成带黑色条纹的黄色月亮，以示我至高无上的荣耀。"

"哦，那是当然。"母老虎一边跑去照顾她的幼崽一边说，其中一只小公虎长得很像他爸爸，爪子上好像扎了一根刺似的烦躁不安。

老虎在丛林里巡视了一番后来到狮穴。"快出来，"他吼道，"出来迎接百兽之王！国王死了，国王万岁！"

在狮穴里面，母狮子叫醒她的配偶。"国王驾到，想要见你。"她说。

"什么国王？"公狮子睡眼惺忪地问。

"就是百兽之王呀。"她说。

"我才是百兽之王呢。"狮子吼道，说完冲出狮穴迎击篡位者，捍卫自己的王冠。

接下来是一场恐怖厮杀，一直打到太阳落山，打得昏天黑地。丛林里所有动物都参了战，有些站在老虎一边，有些站在狮子一边。全民皆兵，阵营分明，小到土豚、大到斑马一律参战，要么推翻狮子，要么击退老虎。不过，也有些动物浑然不知自己为谁而战，还有些为双方而战，另有些见谁离自己最近就打谁，还有些纯粹就是为打仗而打仗。

"咱们这是为啥而战呢？"有动物问土豚。

"为旧秩序而战。"土豚回答。

"咱们这是为啥而战死呢？"有动物问斑马。

"为新秩序而战。"斑马回答。

月亮升起来了，满目清辉，银华似水，凸显夜空，半盘玉坠，月光撒遍死寂的丛林，除了让一只金刚鹦鹉和一只美冠鹦鹉惊觉尖叫外，没有引起丝毫动静。所有动物除那只老虎外一律战死，而他也是来日无多了，死期一分一秒滴答而至。不错，他是他俯瞰的所有动物的君主，可这又怎么样呢？似乎也并不意味着什么。

寓意：一兽不存，百兽之王何用？

花栗鼠与他的配偶

一只雄性花栗鼠能够倒头就睡，然后睡得像死猪、像圆木、像婴儿；可他的配偶就没那么幸运了，总是夜不能寐，干瞪着眼儿像猫头鹰、像守夜人、像夜贼。每当他闭灯睡觉，她却又把灯打开，或读书或烦恼或想心事或在心里打腹稿或胡思乱想。她晚饭后倒是常常犯困，有时甚至坐在椅子里磕头，可她就是头一落枕就睡意全无。她会躺在床上担心丈夫是否把手枪落在苗圃里了，会担心自己装饰圣诞树哪儿还没做到，还会担心其他的事情。她能确定废纸篓正在起居室里冒烟闷烧，能确定自己还没把厨房门锁好，能确定有人正在楼下蹑手蹑脚地行走。

而那雄花栗鼠却总是睡到太阳爬上三杆子高了才醒来。他可怜的配偶却是听着闹钟一小时接一小时地敲响。她只好在白天打瞌睡，手里正拿着玻璃杯，或丈夫正在高声朗读，甚至他的老板登门造访，都能睡得稀里哗啦，可只要是一着床，她就开始脑子里酝酿写信，担心自己是否把猫挡在门外了，担心自己的手提包放好了没有，担心妈妈为什么还没写信来……

某天，她开着开着私家车就打起盹儿而来……于是，经过一段说得过去的间距，她丈夫便娶了她的妹妹为妻。新婚后他仍能睡得像死猪、圆木、婴儿那样，而他的新配偶夜里居然也睡不着了，睁着眼睛就像猫头鹰、守夜人、夜贼那样，疑神疑鬼，听到有人潜入，闻到有东西燃烧，怀疑她的配偶是否在他的保险单上做了手脚。在一个迷人的夜晚，穿过一个拥挤的房间时，他邂逅了一只陌生鼠，一只晚八点准时犯困的鼠姑娘。他俩一起私奔到委内瑞拉西北部的马拉开波，从此就在那儿幸福地同居起来。而倒霉的二姨太依旧每晚都睡不着觉，心里犯嘀咕这花心大萝卜又在搞什么名堂，不知他又嫌弃自己什么了；此外还有各种操心：空奶瓶是否已放在了门口外边，厨房水池的水龙头是否已经关上，等等。

寓意：男人的床是其摇篮，而女人的床常常是其刑具。

织工与桑蚕

一名织工看到一条蚕正在一棵白树干的桑树上织茧子，不禁惊讶得睁大双眼。

"你从哪儿搞来的那些材料？"羡慕不已的织工问。

"你想用它来做什么吗？"蚕热心地问。

但接着织工和桑蚕便分道扬镳了，因为两位都认为对方侮辱了自己。作为人类和虫类，我们生活在一个几乎一切都能产生歧义、都能做多重解释的时代。没办法，这时代就是这么个打官腔、写官样文章、闪烁其词、言不由衷的时代。

寓意："对明白人用不着多说"吗？不尽然——赶上这么个时代，你就得多做解释。

两条狗

在一个无月漆黑的闷热夜晚，一只美洲豹从马戏团逃脱，潜入城市，幽灵般徘徊在它的阴影里。狗警长指派一头名叫"扎猛子"的德国牧羊犬和一条名叫"斯文步"的便衣大侦探犬处理这个案子。"斯文步"是条沉稳缓慢、很有条理的警犬，可他穿警服的搭档就不那么慢条斯理了，而是头急躁不安的警犬。斯文步一直走在前面，直到扎猛子大叫"这么慢咱们连乌龟也抓不到！"为止，说完扎猛子径自循着踪迹奔跑起来，就像一条赛跑用的小灵狗那样。很快他便迷了路。半小时之后，等斯文步找到扎猛子的时候，斯文步说："还是慢而有成比快而无获好啊。"

"慢离死不远了，"穿警服的警犬说，"我可是连做梦都追赶猫呢。"

"我可不这样，"穿便衣的警犬说，"正所谓'眼不见，心不烦'。"

两犬按各自的习惯继续在无月黑夜中行路，边走边交流各自对狗生的观察和体悟。

"见好就收，日子长久。"斯文步有感道。

"你所谓的'收'其实就是'逃跑'吧。"扎猛子讽刺道。

"我从来不跑，"斯文步说，"都上气不接下气了还追踪猫，有什么好的，尤其是在猫以逸待劳的时候。对此，我自己就有过亲身体会。他们把这称为'本能'。"

"我所受到的训练是'做我该做的，不做我不该做的'，"扎猛子说，"他们把这称为'纪律'。所以，当我抓猫时，猫就等着被我抓就是了。"他补充道。

"我才不抓他们呢；我只管发现他们的行踪。"侦探犬斯文步平静地说。

快出巷子时，两只犬猛然发现一座黑乎乎的大房屋矗立在眼前。"踪迹（线索）就在此处断了，距离那扇窗户二十英尺，"斯文步一边嗅着一块地面，一边说，"那头美洲豹应该就是从这里跳进房子的。"

两狗从打开的窗户往里窥探漆黑、寂静的屋内。

"我所受到的训练是，通过打开的窗子跳进黑屋去。"扎猛子说。

"我一向都告诫自己别这么干，"斯文步说，"假如我是你的话，我就不抓那只猫。我从来不抓美洲豹，除非它是一件大衣。"可是"扎猛子"才不听他的劝呢。

"走你。"他兴高采烈地说，然后便通过窗子跳进漆黑、寂静的房内。立刻里面传出纷乱嘈杂的声音，在侦探犬的灵敏耳朵听来，恰像是一只警犬正被一头美洲豹强行穿上女人的衣服，而实际情况也正是如此。没多会儿，只见扎猛子从头到爪一身女人打扮，脖颈的项圈里还插着一把粉红色的女用阳伞，疯狂窜出了窗户。"我的膝盖也撞到了他的胸上。"晕头转向的警犬伤心地说。

见状，老侦探犬长叹一声。然后，他用侦探犬特有的那种流畅但又阴沉的腔调低声说道："那些膝盖没撞到他们的追捕目标①胸上的警察，活得又长又好。"

寓意：谁躲避生活的阴暗面，谁就不配得到人生的真谛。

---

① 原文 quarry，也有"采石场"之意。

美腿小姐

巴黎附近的一个池塘里住着一只青蛙，她认为自己很了不起。

"我拥有最大的睡莲叶，最深的下潜空间，最漂亮的大眼泡儿，还有世上最动听的歌喉。"她呱呱叫道。

"你还拥有地上或水中最鲜嫩多汁的美腿。"一天，一个人声对她说。这是巴黎一家著名餐厅的老板的声音，他正好路过，听到了青蛙所有的自吹自擂。

"我不知道'鲜嫩多汁'是什么意思。"青蛙说。

"你的词汇之贫乏举世罕见呀。"餐厅老板说。这只傻帽青蛙把每个形容词都当成是对自己的夸赞，听了之后很高兴，羞赧得脸色更绿了。

"我应该把你摆在某位著名美食家面前，"餐厅老板说，"让一位高贵的食客、一位美味佳肴的鉴赏家来品尝你。"

青蛙听到这些潺若溪水、叮咚似玉的法语发音，简直飘飘欲仙。

"你将受到女王般的款待，"餐厅老板说，"尽享普罗旺斯风情。当然啦，由我来亲自料理这一切。"

"你接着讲，我还要听。"全神贯注的青蛙听得如痴如醉，催促道。

"你将受到世上最好的美酒佳酿的伺候，"餐厅老板说，"一瓶伟大的蒙塔榭干白葡萄酒最适合你了。"

"说下去。"自负而又愚蠢的青蛙一个劲儿地催促。

"每当厨艺爱好者聚会的时候，你都将成为他们饭后茶余谈论的话题，"餐厅老板说，"你将作为美食烹饪史上最可口的菜肴名垂史册。"

听到这话，青蛙乐昏了头，完全陶醉在喜悦之中，飘飘然愈加不知道自己几斤几两，自我膨胀到无以复加的地步。就在她不省蛙事之际，这位巴黎名餐馆老板熟练地卸掉了她的两只多汁肥美的大腿，把它们带回他的餐馆，由他亲自监制——如他承诺的那样：做成了一道普罗旺斯风情佳肴，然后连同一瓶蒙塔榭干白葡萄酒，端到一位著名美食家的面前。

寓意：愚蠢而自负的人很快就会被分食料理。

翠鸟与东菲比霸鹟

　　一只骄傲的霸鹟妈妈养育了两窝雏鸟。在一个晴朗的日子，当第二窝里的一只雄性小霸鹟拒绝像其他鸟儿那样离开鸟窝飞走时，霸鹟妈妈先是很沮丧，后又很高兴，因为她很确信："我养育了一只非常与众不同的霸鹟，他将成为一名伟大的歌唱家，比夜莺还要伟大。"

　　为此她请来了一只夜莺教她儿子唱歌，后又请来了猫鹊和嘲鸫教他唱歌，可是这傻小子只学会了唱一句："霸鹟啊，霸鹟。"于是做母亲的请来了翠鸟博士，他是一位鸟类的心理学家，他给小霸鹟做了仔细的检查。"这只霸鹟与所有其他霸鹟没什么两样，"他对霸鹟妈妈说，"将来他能唱的也就是'霸鹟啊，霸鹟'，如此而已。"

　　可是，心高志远的霸鹟妈妈不相信翠鸟博士的预判。"他也许当不成伟大的歌唱家，但他必是个伟人无疑，"她坚持说，"他将取代美元上鹰的位置，他将取代镀金鸟笼里金丝雀的位置，他将取代布谷鸟钟上布谷鸟的位置。不信你就等着瞧。"

"那我就拭目以待喽。"翠鸟博士说，并且开始等待。结果什么也没等来。霸鹟就是霸鹟，成不了凤凰鸟，并且像所有霸鹟一样只能唱'霸鹟啊，霸鹟'，如此而已。

寓意：用来做饼干的面团只能做出饼干。

征服岁月的乌龟

某夏日，一只乌龟出现在牧场上，引起树草丛中所有动物的注意，因为在他龟壳儿上分明刻着"公元前44年"的字样。"这下咱们的草场蓬荜生辉啦，"一只蚱蜢惊呼，"因为来了一位天下最老的访客。"

"咱们得给他盖一座楼阁。"一只青蛙说，于是猫鹊、燕子啥的用枝杈、树叶、花朵啥的给这乌龟元老盖了一座富丽堂皇的欢乐阁。一支蟋蟀组成的乐队为他管弦齐鸣，一只画眉鸟为他引吭高歌。喜庆之声传遍周边田野森林，越来越多的动物从越来越远的地方循声而来，只为一睹这千年寿龟的风采，于是蚂蚱眼珠一转打起了主意：收费。

"我来招揽观众。"青蛙说，然后在蚱蜢的协助下，他撰写了一篇十分感人的演讲词。"昨天的昨天的昨天……"演讲词这样开头，"一天一天地，在这个龟壳上，时光倒退回有记录时间的第一天。这只伟大的乌龟诞生在两千年前，也就是强大的尤利乌斯·恺撒① 逝世的那一年。公元前44年，贺拉

---

① 尤利乌斯·恺撒（前100—前44），古罗马将军，政治家，历史学家。

斯 ① 年仅 21 岁，西塞罗 ② 距离去世只有一年。"周围看热闹的动物对这只古龟的同时代人好像没有多大兴趣，但还是很乐意买门票进去瞅瞅他的古体。

在欢乐阁里，蚂蚱继续着他的演讲。"这只非凡的古龟是最初的泥怪家族之一的直属后裔，"他振振有词，"他的曾祖父也许是在我们这颗冷却中的星球的水边泥沼里蠕动的第一个生物。那时候，除了我们这位龟朋友的祖先之外，地球上什么生物也没有，只有煤和水。"

某天，一只住在临近树林中的红松鼠顺便过来瞅瞅古龟，捎带听两耳朵蚂蚱的演讲。"公元前 44 年吗，哎哟喂！"红松鼠一边乜斜着蚂蚱一边嘲讽道，"你是一肚子的烟草汁，你的青蛙朋友是一肚子的萤火虫，你们两个都脑残。在一只乌龟壳上刻上古代日期不过是幼稚可笑的恶作剧而已。这只爬行动物的出生日期很可能不早于 1902 年。"

听了红松鼠这番嚷嚷后，花钱买门票进殿参观古龟的观众开始安静地撤离，不再有一大群动物站在前面听青蛙的聒噪了。蟋蟀们也都收拾好各自的乐器，悄没声息地消失了。画眉鸟也收拢他的活页乐谱，一飞而不复返了。刚才还欢天喜地的草场顿时没了声息，一片死寂；生机勃勃的夏天也似乎像垂死的天鹅那样凋萎了。

"我早就知道他没有两千岁，"蚱蜢不得不承认，"可是人

---

① 贺拉斯（前 65—前 8），古罗马诗人，讽刺家。
② 西塞罗（前 106—前 43），古罗马政治家，雄辩家，著作家。

们就是爱听捕风捉影的传闻，甭管男女老幼；连那些多年没微笑过的，听了也都咧嘴儿笑了。"

"那些多年没大笑过的，听了也都大笑不止，"青蛙说，"还有好多人听得眼睛忽闪忽闪的，还有好多破碎的心因此而快乐起来。"那老龟听了不禁黯然神伤，滴下几滴乌龟泪，慢慢地爬走了。

"真相往往不是明亮欢快的，"红松鼠说，"它往往是阴暗冰冷的。咱们直面它就是了。"说完，这位打破神话者趾高气扬、大模大样地回到他在林中的树上。不久，草场上恢复了虫鸟争鸣、百兽交响的场面，只不过以往的无忧无虑和轻松欢乐变成了现在的感伤、沮丧和忧愁、孤寂，仿佛某位伟大神奇的偶像已经死了，现正被埋葬似的。

寓意：唉，为什么神话破灭总要和信仰崩塌与希望破灭扯上关系？

狮子与蜥蜴

　　一头狮子和一条蜥蜴盘踞着一位王子曾经睡过的殿堂。这位王子已经死了（居然连王子也会死），他的宫殿也随之荒芜，成了老鼠肆虐的废墟。后来狮子消灭了鼠害，但他怎么也找不着蜥蜴，后者就住在一条墙缝里。在御膳房的废墟里到处有美食，在荒废的皇家酒窖中到处是美酒，不过这一切都成了狮子的囊中物，蜥蜴哪敢从他的藏身地探一下头？于是狮子吃得越来越胖，喝得越来越糊涂，反观蜥蜴却饿得越来越瘦，酒戒得越来越清醒、冷静。岁月渐去如龟，城墙坍塌成屑，墙头荒草萋萋，狮子一日六餐，十八种佳酿入肚，饱食终日，烂醉如泥。一天夜里，这位茶褐色的宫殿之主用一大杯白兰地酒结束他的第六餐之后，坐在他华丽餐桌之首的黄金御座上便酣然入睡。蜥蜴用他所剩无几的力气爬上餐桌，尝试进食几口剩饭，可他已虚弱得咀嚼不动。狮子被餐具的一点响动惊醒，试图挥起他的巨爪给这不速之客以致命一击，可他走了另一个极端，饮食过饱，肥胖超度，利爪也变得瘫软无力。他就坐在黄金椅中命丧黄泉，临终还从嘴角垂下白兰地之涎，而蜥蜴也在美食与银餐具丛中上了西天。

寓意：撑死与饿死都是死；两个极端，结局一样。

母虎和她的配偶

有一只老虎，名叫傲脚，在过了几个星期的居家生活之后，开始厌倦他的配偶傻不拉，并且开始早上离家越来越早，晚上归家越来越晚。他不再对她使用"糖爪"之类的甜言蜜语了，而是在自己需要什么时只管拍爪子吆喝她伺候；如果她碰巧在楼上，他就吹口哨叫她拿这取那。吃早饭时，他最近一次对她说的最长的话是："你他妈的到底是怎么了？难道不是我给你搞来的食物和椰油吗？所谓爱情，是要在婚后连同你的婚纱一起丢进阁楼里的玩意儿，忘掉它吧。"说完他把剩下的咖啡一饮而尽，放下《丛林新闻报》，朝门走去。

"你要去哪儿？"傻不拉问。

"出去。"他简短回答。之后，每当她问起他要去哪儿的时候，他都简短地回答"出去"，或"走了"，或"别问"。

当傻不拉有了不祥的预感之后，她想到了自己属于上帝的选民，是天之骄女，就提醒傲脚别忘了这一事实。可后者却咆哮道"Growp"。他现在已习惯了用代码跟老婆说话，而

"growp"的含义是"我希望咱俩的幼崽长大后当木琴演奏家或大将军"。说完，就像所有公老虎在这个季节都要做的那样，扬长而去。他不希望自己现在被幼崽缠住，直到小公虎和小母虎长大些、能玩耍嬉戏——比如说公的会扇耳光，母的会搋屁股——为止。在等待小虎降生的这段日子里，傲脚整日与野牛搏斗，再不就和虎便衣警察们坐着警备车到处巡逻。

等他终于回到家后，他对老婆说"Eeps"，意思是说"我要睡觉了，要是崽子们老是哭闹吵得我睡不着觉，我就要像淹死无数下贱的猫崽子那样，淹死它们"。傻不拉气哼哼地走到他们的房门前，打开它，冲着她的配偶说："嘘——！"接着发生的打斗很吓人，但也很短暂。傲脚在困倦中用错了爪子，结果被一记最迅捷的右直拳钉牢在树丛里，眼冒金星找不着北了。第二天早上，当那些公的母的小虎崽儿急切地滚下楼梯问妈妈怎么玩时，它们的妈妈说："去客厅和你们的爸爸玩吧。他现在成了壁炉前面的虎皮地毯了。但愿你们能喜欢他。"

孩子们果然很喜欢这张地毯。

寓意：切莫对老虎的老婆耍蛮横，尤其当你就是那只老虎的时候。

喜鹊的珍宝

某天，当太阳让所有能亮的都亮、所有能闪的都闪之后，一只喜鹊从一条排水沟里叼起一个东西，衔着它飞回自己的窝。一只乌鸦和一只兔子正巧路过，看到她猛扑下去又迅速飞离，就各自断定她一定是找到了什么好吃的东西。"我敢肯定是根胡萝卜，"兔子说，"因为我听到她在说胡萝卜的事。"

"可我看到那东西在闪，"乌鸦说，"而且闪得让人垂涎欲滴，就像一颗黄色的玉米粒。"

"老玉米是老百姓吃的东西。"兔子轻蔑地说。

"那你吃你的胡萝卜好了，它们可欢迎你啦。"乌鸦说。他俩哑吧着嘴巴慢慢接近喜鹊的巢。"我来查明她搞到了什么，"乌鸦说，"如果是玉米粒，我就吃了它。如果是胡萝卜，我就把它扔给你。"

于是乌鸦飞到喜鹊窝的边上，同时兔子在树下等着。喜鹊高兴地向乌鸦炫耀她在排水沟里找到的东西。"这是一枚金戒指，上面镶嵌着一颗十四克拉的宝石，"她说，"自打我能飞翔起，我就一直想要戒指，可我父母偏偏是蚯蚓收藏者。假如我那时自行其是的话，现在早就是鸟富婆了，身边全是金银财宝。"

"你就会活在虚拟世界里。"乌鸦不屑地说。

"那里多静啊，永远不会拥挤喧嚣，除了陈旧的悔恨、抱憾，万事皆空。"喜鹊向往地说。

乌鸦飞到地面上，向兔子说明，喜鹊所说的"胡萝卜"其实是（宝石的重量单位）"克拉"。[1]"一根胡萝卜相当于十四克拉，"兔子说，"你可以用二十来乘它，其结果还是一样。"

"我不能吃的东西我要它干吗？"乌鸦说，"常言道'眼见为实'，我却认为眼见为虚，吃掉为实。"乌鸦和兔子也没什么其他可吃的，就只好吞下失望的苦果，离开喜鹊，让她自得其乐，把玩自己的珍宝去。阳光让天下万物能闪的闪，能亮的亮，喜鹊也心满意足地把玩到太阳落山。

寓意："萝卜白菜，各有所爱"是亘古不变的真理，所以我们凭什么鄙视别人眼中的苹果？

---

① 英文胡萝卜 carrot 与克拉 carat 发音完全一样，所以兔子误解了。

蟋蟀与鹪鹩

某年夏天，在森林举行的一次音乐节上，一帮独唱、独奏家聚到一起登台献艺，竞争一年一度的孔雀奖。蟋蟀由于拉得一手好小提琴，还经常上广播电台演奏曲子，深得广大听众喜爱，而被邀请去参赛拿奖。眼下他仍受雇于广播电台，在夜晚到来时拉上几曲，让听众享受美妙的音乐。

蟋蟀在火车站与鹪鹩相遇，后者载着他飞到一个小旅馆，给他买来饮料，帮他提行李上楼到他的房间，总之是十分殷勤，关怀备至，让蟋蟀以为他是这家旅馆的老板。

"我可不是什么老板，我是一个参赛者，"鹪鹩说，"不过，能得到您的高看，就算我输了比赛，也比从三流的评论家和蟋蟀那里获得最高奖来得光荣。作为我向您表达敬意的一点表示，请您收下这瓶红酒和这块樱桃饼，还有这把开启一位美女蟋蟀的闺房门锁的钥匙；这可是您苦哈哈唧唧叫一年都未必能勾引到手的国色天香啊。"

当天下午，鹪鹩载着蟋蟀飞到露天音乐会的现场，在那儿能听到青蛙刮蹭大提琴，云雀狂吹小号，夜莺拨弄金制小竖琴，乌鸫演奏黄杨木长笛，猫鹊跑动灿烂的钢琴琶音，山鹬炫耀架子鼓。接着歌手们开唱，首先是金丝雀，他是来自异国的访客，喜怒无常，时差不倒不说，还整夜不睡地吹嘘自己的能力，其后果就是一上场，声音立马唱疵了。"别看猫头鹰只会唱一个'壶'字，也能比他唱得好。"鸫鹩评论道；不知啥时他已悄悄坐在了蟋蟀旁边的座位上。他递给这位评论家一支雪茄，一个打火机，还让他从长颈瓶里喝了一大口饮料。"过一会儿我要唱几首抒情歌曲，"鸫鹩说，"全都选自亨里的《亲爱的，请拿走这一小札歌曲》。我亲自给它们谱了曲，把它们题献给我的配偶和您。"

接下来是嘲鸫上场演唱，那些希望可亲的鸫鹩夺冠的观众开始担心（不无道理，因为他要唱的那一组欢快的歌其实是同一首歌），因为嘲鸫已经美美地睡了一整夜觉，还做了获胜的美梦，属于养精蓄锐、以逸待劳那种，结果也就显而易见——声似天籁。"我要说的是：他的歌喉与其说甜美，不如说刺耳，"鸫鹩耳语道，"昨天夜里，当我对他说，你比到场的所有最优秀的小提琴手还要优秀的时候，他竟然评论道：在他看来，你就像是一辆在十字路口抛锚的豪华轿车。"一听这话，蟋蟀气得磨蹭双腿，奏出两个低沉而不祥的音符。"而依我看呢，"鸫鹩接着说，"你就像是一件精巧的机械构造，美观而又威严，恰似一只柯尔特式自动手枪的扳机。我给你拿来了止咳糖止你的咳，给你的椅子拿来靠垫儿让你坐着舒服，给你的脚拿来脚凳垫高放松。"

等轮到鹩哥上场的时候，他引吭高歌的那组歌曲（其实是同一首歌曲）让所有观众听得如痴如醉——除了其他的独唱者及其亲友。

"我能唱得比他好，"嘲鸫嗤之以鼻道，"我闭着嘴唱都比他强。"

"我打败过好些声音比他强十倍的歌手。"褐鸫说。

"上帝为证，"金丝雀高喊着德语，"他的声音就像一扇生锈的、该上润滑油的铁门打开时发出的那种声音。"

在把头奖颁发给鹩哥的时刻，蟋蟀说道："他的声音就像某种精巧的机械装置，比如说一个金色的八音盒。他还赋予一首歌曲无穷的多样性。此外，这位艺术家还有很高的鉴赏品位，很广的欣赏范围，并极具评论才华。"

在告别——更准确说是逃离——这次音乐节的时候，蟋蟀运气极佳，拥有了一架私人飞机供他自由支配，这"私人飞机"不是别的，正是获胜的鹩哥自己。

寓意：并非总是给予者就比接受者更有福，不过给予常常得到回报，这倒是真的。

乌鸦与稻草人

　　从前，在一个农庄，一大群乌鸦像饿狼扑到羊栏上那样，乌央乌央地从天而降。它们掠食菜园里的种籽和田地里的谷物。这些乌鸦安岗步哨，见有农夫走近就发出警报。它们甚至安插了一两只伪装的乌鸦，与谷仓前院儿里的鸡群和房顶上的鸽群掺和在一起，及时发现、识破农夫的阴谋诡计。如此，它们便能趁着农夫不在，大肆掠夺园子与田地里的作物；而当农夫在场时，它们也能很好地藏身。农夫想出一个妙招：做一个极其可怕的稻草人竖在地里，让那些可恨的乌鸦一见到它就吓死。可是，这个稻草人辜负了农夫花在它身上的全部心血，别说那些小乌鸦了，就连那些最焦虑、最警惕的母乌鸦都丝毫吓不到。这些掠食者心里明白，稻草人不过是把稻草用破衣烂衫捆扎成人的形状，然后木头手中拿着一根挂窗帘的木杆而已。

随着越来越多的粮食和越来越多的种籽被吃掉，农夫越来越急切向乌鸦复仇。一天半夜三更，他从床上爬起来，要亲自装扮成一个稻草人去对付那些乌鸦。这是一个无月之夜，外面两眼一抹黑，他的儿子帮助他上位，站到了那个稻草人的位置上。不过，这次与以往不同了，那只手里拿着的可不是没装弹的窗帘木杆，而是一杆真枪，一支双筒的 12 标尺温彻斯特牌连发步枪。

东方露出了鱼肚白，这时传来了一种声音，就像一千个平底锅从天而落。这是乌鸦群大叫着扑向田地和菜园的声音，来势汹汹，势如破竹。这时，一只整夜待在外边吸吮玉米汁——而不是吃玉米——的小乌鸦，突然来了个旋尾降落，失控扎进了谷仓旁边一个盛满红油漆的桶，溅起一片油漆的"火焰"。

农夫刚要用双筒步枪朝着这片乌鸦连续发射，就见那只"着火"的小乌鸦直奔自己而来。这场面真够壮观的：一只火红的乌鸦，浑身滴着血淋淋的油漆，状如燃烧的万圣节火炬，十足把这活稻草人吓了一大跳，致使他瞬间倒地身亡。

在下一个星期天，教区牧师进行了一场闷闷不乐的布道，抨击了酗酒，各种轻率不当的行为，成年犯罪，星期天打高尔夫球，通奸行为，粗心大意地摆弄枪支，猎杀鸟类的残忍行为，等等。布道结束后，那个死去农夫的老婆向牧师说明了事件的真相，可后者只是摇着头，表示怀疑地咕哝道："不是稻草人吓跑乌鸦，反倒是乌鸦吓死稻草人，这事儿可真稀奇。"

寓意：人们都想猎杀他们仇恨的东西，除非——当然啦——它先下手为强。

象牙、猿猴与人

在非洲，有一天，一群雄心勃勃的猿猴带着一个商业建议拜访一群大象。"我们可以把你们的牙卖给人们，换来大量的花生和柑橘，"猿猴的首领说，"象牙对你们和我们而言就是象牙，可对人类而言它们就成了商品——可以做成撞球、钢琴琴键等等商品，供人们买卖，交易。"象们听了答复说：让我们考虑一下这个提议再说。"那咱们就在明天这个时间碰头，到时候签约成交。"猴首领说，然后猴们就去找那些在这一地区搜寻商品的人。

　　"我们有最上乘的象牙，"猴首领告诉人首领，"一百头大象，两百根象牙，全归你们了，只交换你们的柑橘和花生。"

　　"你那些象牙足够建一座小象牙塔了，"人首领说，"或者制作四百个撞球加上一千个钢琴键。我这就给我的代理人发电报，让他把你要的花生和柑橘船运过来，并且销售撞球和钢琴键。经商的经商之道就是抓住机会，其核心就是一个字：速度。"

　　"我们立马成交。"猴首领说。

　　"你们的货物在哪儿呢？"人首领询问。

　　"它正在吃饭，或者正在交配，但它将会在约定的时间出现在约好的地点。"猴首领回答。然而事与愿违，象们回去后反复考虑了这件事，越琢磨越觉得不靠谱，就忘记了第二天现身。本来大象就擅长忘事儿，尤其是在忘事儿是健康的标志的年代（所谓"健忘"）。每当生意未能做成的时候，全球贸易的中心便掀起轩然大波，所有参与方——大象除外——都卷进了随之而来的法律诉讼，相关的机构、组织有：贸易促进署，猴子商业局，物种之间通商委员会，联邦法院，全国商人联合

会，非洲调查局，国际动物进步协会，以及美国退伍军人协
会。各路主张纷纷公布，各种规章逐条发布，法院传票一一送
达，法律禁令批准了又推翻，异议得到维持又被否决，上诉被
驳回。美国妇女反颠覆爱国联盟也积极参与了这次诉讼，直至
一个男人谴责它的这次参与本身就是颠覆性的。该男人后来撤
回了他的指控，然后靠卖两本书发了大财，分别是《我铺了我
的床》和《我撒了弥天大谎》。

最终，大象保住了它们的象牙，谁也没有买到撞球或钢琴
键，或一粒花生或一个柑橘。

寓意：无论什么身份地位的人，都应该养成这个良好习
惯：在逮到兔子之前，绝不要夸口上菜炖兔肉。

奥利弗与其他鸵鸟

　　某天，一头严厉的、具有令人敬畏的权威的鸵鸟在给年轻鸵鸟们讲课，关于鸵鸟一族对所有其他物种的优越性。"连古罗马人都知道我们；更准确说，我们连古罗马人都知道，"他振振有词，"他们称我们为 avis struthio①，我们称他们为罗马人。古希腊人称我们为 strouthion，意为'诚实者'。就算不是这样，也理应如此。我们是最大的鸟，因此也是最优秀的鸟。"

　　所有听众都大喊："同意！同意！"只有一头有思想的、名叫奥利弗的鸵鸟除外。"可是，我们不能像蜂雀那样倒着飞。"他大声说。

　　"蜂鸟在步步退却，"老鸵鸟说，"我们却在攻城略地；他们走下坡路，我们却在昂首挺进。"

　　"同意！同意！"所有鸵鸟都大叫"同意"，只有奥利弗沉默。

　　"我们下的蛋最大，因此也是最好的蛋。"老鸵鸟学究继续讲。

　　"知更鸟的蛋比我们的漂亮。"奥利弗说。

　　"知更鸟的蛋只能孵出知更鸟，"老鸵鸟说，"知更鸟只是

---

① 鸵鸟属，有"高视阔步、大摇大摆走路一族"之意。

些局限在草地上的食虫上瘾者。"

"同意！同意！"所有其他鸵鸟都大叫，除了奥利弗。

"我们只有四个脚趾头就能稳立地面，而人类需要十个脚趾头才能站稳。"那个教师爷提醒他的学生们。

"可是人类能坐着飞行，而我们却根本不会飞。"奥利弗评论道。

老鸵鸟圆睁怒目盯着他，先用一只眼，再用另一只眼。"对一个圆形的世界来讲，人类飞行得未免太快，"他说，"很快他们就会赶上他们自己，造成首尾相撞，而人将永远不知道，从后面撞上他自己的就是他自己。"（撞上他屁股的就是他自己）

"同意！同意！"所有鸵鸟都欢呼，只有奥利弗沉默。

"只有我们面临危险时能把头扎进沙子里遁形，"老教师慷慨激昂，"除了我们，谁也做不到这点。"

"你怎么知道咱们看不见人家，就意味着人家也看不见咱们呢？"奥利弗质问。

"狡辩！强词夺理！"老鸵鸟叫道。其他鸵鸟——除了奥利弗——都齐声附和"狡辩！强词夺理！"，也不清楚它到底是什么意思。

就在这时，老师和全班同学都听到了一种怪怪的让人警觉的声音，就像是隆隆打雷声由远及近，滚滚雷声越来越大。但这不是雨天的雷声，而是一大群凶猛野象全速跑过来的隆隆之声，也不知被什么给吓到了，更不知要逃向哪里。老鸵鸟和所有其他鸵鸟——奥利弗除外——都迅速把脑袋插进沙土里。奥利弗则跑到附近一块巨石后面躲起来，直到乌压压一群野象跑过去为止。等他从藏身处出来后，他见到展现眼前的是一片尸骨和羽毛狼藉的沙海——老教师及其弟子的所剩之物只有这些。不过为了搞清真假，奥利弗还是开始点名。没有一个应答，直到他点到自己名字为止。"奥利弗！"他大声点名。

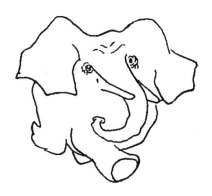

"在这儿！在这儿！"奥利弗应答。除了从地平线传来远去雷鸣的微弱余声外，这是这片蛮荒大漠的唯一声响。

寓意：你不能把你的房子，乃至信仰，建立在沙土上。

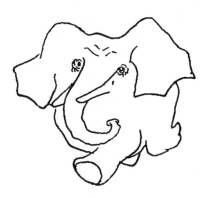

海岸与大海

一只大惊失色的单身旅鼠撒开脚丫子奔逃，大叫着“着火啦！”，朝大海跑去。他没准儿是看到了透过枝桠照进来的日出，或是从一场失火的噩梦中惊醒，或是脑袋撞在了一块石头上，顿时眼冒金星昏了头。甭管是什么原因吧，他跑呀跑，一路上有其他动物加入进来，其中有一只旅鼠妈妈和她的小崽儿，还有一只值完夜班儿正往家赶的旅鼠，以及各类的通宵饮酒作乐者和早起者。

“世界末日到啦！”他们高喊，很快，逃命的动物大军从几百只壮大到几千只，通过各种动物的各种跳姿——有蹿，蹦，跳，跃，跨；四脚跳，两脚跳，单脚跳；轻盈地跳，踉跶着跳，扑棱着跳；横跳，直跳，竖跳，斜跳，倒退着跳，倒立着跳……他们没头没脑逃跑的理由显得愈加充足。

“那恶魔是驾着红色战车来的！”一头老年公兽嚷道，“太阳是他的火炬！整个世界都着火了！”

“这是一次快乐之旅。”一头老年母兽尖声说道。

"一次什么？"有动物问她。

"一次寻宝！"一头熬了一整夜、满眼血丝的雄性动物大声抢答，"满目纯洁无瑕、熠熠发光的宝石，照得北极熊深不可测的黑暗洞穴如日明朗。"

"是头熊！"他的女儿大叫。"快跑呀！"在浩浩荡荡高喊着"是公羊！"和"是魔鬼！"的逃跑大军中，有不少动物都在喊这句话；直到最后，有多少逃亡者，差不多就有多少种警示语，内容各异，五花八门。

一只独居多年的雄旅鼠拒绝加入这如洪水般滚过他巢穴门前的逃跑大军。他并没见到森林中火焰熊熊，也没见到什么魔鬼、熊、公羊、幽灵之类的。作为一名严肃的学者，他早就确定，北极熊的洞穴里没有珍宝，只有湿漉漉，黏汲汲，臭乎乎，脏兮兮。于是，他冷眼旁观其他旅鼠跳进大海，被海浪吞噬，一些鼠高喊"我们得救啦！"，另一些鼠惊呼"我们完蛋啦！"瞧他们这副德性，学者旅鼠悲哀地摇着头，撕掉多年来写就的关于物种的研究成果，把他的研究重新再来。

寓意：所有人在逃避前都该努力搞清楚，自己在逃离什么，逃向何方，为什么逃。